KB194423

지구와
함께하는
7일간의 여행

지구 어머니, 가이아와의 대화

지구와 함께하는 7일간의 여행

홍연미 지음

지구 가이아님과의 운명적인 만남

나는 타인의 감정에 공감을 잘하는 편이다. 아프면 아픈 대로, 기쁘면 기쁜 대로 타인의 감정이 고스란히 느껴지곤 한다. 그래서 울음도 많고 웃음도 많다. 남의 아픈 이야기를 들으면 이야기하는 당사자보다 더 많은 눈물을 흘리곤 해서 당사자가 '그렇게 슬픈 일은 아니야.' 하면서 오히려 위로하는 일도 있었다.

이런 공감능력은 많은 이들에게 위로가 되었는지 어렸을 적부터 남의 이야기를 들어주는 역할을 곧잘 하곤 했다. 사람들은 많은 이야기나 해결책을 제시하지 않아도 공감해주는 내 표정만 보고도 많은 위로를 받곤 하는 것 같았다. 나의 공감능력은 어느 정도 타고난 것이기도 했지만, 지난 10년간 명상을 하면서 더욱 예민해지고, 세밀해졌다. 그리고 그 대상은 내 주변에서 지구로 확대되었다. 어쩌면 타고난 공감능력은 지구의 목소리를 전하는 역할을 부여받은 내 운명이었을지도 모른다.

내가 교감한 지구는 어머니와 같은 모습이었다. 한없이 사랑을 퍼부어주지만, 자식이 말을 듣지 않고 잘못된 길로 들어설 때는 과감히 회초리를 들어야 하는 우리네 어머니 모습과 많이 닮아 있었다. 그리고 인간을 향해 회초리를 든 지구 어머니는 매우 아프고 힘들어하고 있었다. 누가 우리 지구 어머니를 이렇게 힘들게 만들었을까?

나는 지구 어머니를 '가이아'님이라 칭했다. 지구와 교감을 하는 내내 어머니의 모습과 그리스 신화에 나오는 가이아 여신의 모습을 동시에 느낄 수 있었다.

가이아님과 첫 만남은 일본 지진 이후 시작되었고, 이후 7일간 새만금에서 보은 생태공동체까지 지구를 느끼며 걸으면서 더 깊은 교감을 나눌 수 있었다.

가이아님이 말한 지구는 현재 회복이 불가능할 정도의 중병을 앓고 있었다. 숨이 가빠 헐떡이고, 40도의 고열이 오르내리며 암에 걸려 중환자실에 누워 있는 상황이었다.
그리고 그 힘겨운 고통을 홀로 견디고 있었다.

'왜 좀 더 일찍 관심을 두지 못했던 것일까?', '내가 딛고 서 있는 지구라는 커다란 생명체에 관해서 너무 무관심했던 것은 아닐까?'라는 깊은 후회가 일었다.

책을 내는 이유는 지구 가이아님을 통해 직접 들은 지구의 아픔과 인간이 지구의 아픔을 지금처럼 계속 외면한다면 그 아픔은 곧 인간의 아픔으로 다가올 수 있다는 것을 알리기 위해서이다. 지구가 이렇게 된 원인이 인간이 자연에서 너무 멀어졌기 때문이며, 결국은 인간이 자연과 함께 하는 삶으로 돌아갈 때 이 문제가 해결되리라는 것 또한 알리고 싶어서이다.

인간들에 의해 훼손되고 상처받은 지구 어머니는 지금 자신을 스스로 치유하고 있다. 세계 곳곳에서 일어나는 이상기후나 자연재해들은 균형이 깨진 지구가 자연적인 리듬을 찾으려는, 균형과 조화를 찾아가려는 자정작용이다. 이런 자연재해를 당하게 되는 인간들로서는 불행이라 여겨질 수도 있지만, 이는 지구의 불가피한 움직임이자 인간을 깨우기 위한 각성의 방법이기도 하다.

현재 지구는 지구의 역사상 가장 중요한 시기를 맞고 있으며, 가이아님은 우리 인간들이 변화하기를 갈망하고 있다. 인간은 자유의지가 있는 유일한 종種이면서 지구를 이렇게 만든 장본인이기도 하다. 그런 인간이 깨어나 지구와 다른 생명체들에게 도움을 줄 수도 있는 존재가 되기를 바라고 있었다.

이 글을 쓰는 지금 이 순간에도 인간을 향해 시간이 없다고, 더 늦기 전에 제발 깨어나 달라는 가이아님의 간절한 당부가 떠오른다.

더 늦어지기 전에 살아 있는 지구 가이아님의 존재를 알리며, 가이아님의 간절한 당부를 전하고 싶다. 그것이 오랜 세월 지구를 지키며, 지구의 모든 생명체를 향해 베풀어 준 그녀의 사랑에 대한 작은 보답이 아닐까.

지구와 생명체들에 대해 새로이 눈뜨게 해 준 가이아님에게 깊은 사랑을 전하며, 이 책이 나올 수 있도록 도와주신 모든 분께 깊은 감사를 드린다.

2011년 9월

보은에서 홍연미

차 례

당신이 나를 부르고 있었어요.

나를 떠올려보세요.

의심하지 말고 느껴보세요.

지금 지구가 어떤 상태인지….

... **Part 1**

나를 부르는 목소리

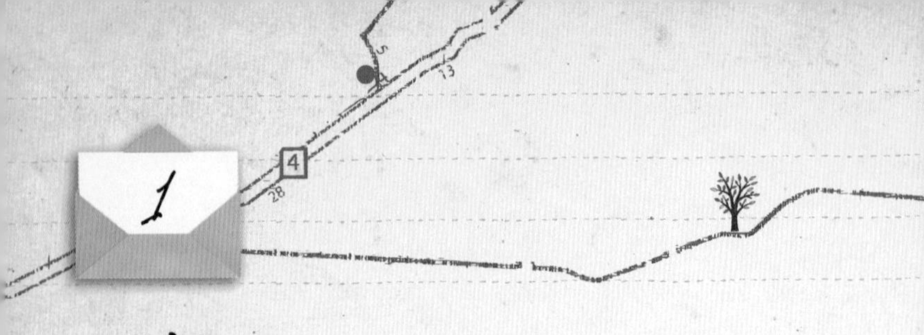

무서운 꿈

칠흑 같은 어둠. 주위엔 아무도 없다. 무섭고 외롭다.

'누구 없어요?'

손을 뻗어보았지만, 아무것도 잡히지 않았다. 사방은 불빛 하나 없이 깜깜했고 죽을 것만 같은 공포만이 남아 있었다. 갑자기 무엇인가 무너져 내리더니 입안으로 쉴 새 없이 흙먼지가 들어왔다. 뱉고 또 뱉어냈지만, 숨이 막힐 듯 더 쏟아지기만 했다.

'살려줘! 누구 없어요?'

다급하게 누군가를 부르며 울부짖었지만, 목소리는 건물 잔해 속에 묻히고 말았다. 팔다리를 휘두르며 마치 짐승처럼 소리 질렀지만, 비명은 입안으로 흙과 함께 삼켜질 뿐이었다. 그때 어디선가 아련한 목소리가 들려왔다.

딸아…

'엄마! 엄마야?'

허공에서 허우적대다가 갑작스럽게 둔탁한 통증으로 깨어났다. 스탠드는 옆에 넘어져 있었고 손바닥에는 땀이 배어 있었다. 꿈이었다. 지독히 무서운 꿈.

2011년 3월, 일본 후쿠시마 지방에 있었던 쓰나미 이후로 계속 반복되는 꿈이었다. 평소에 타인의 감정에 쉽게 공감을 하는지라, 일본 지진 이후로 피해를 당한 사람들의 모습을 보면서 그들의 아픔이 전해지며 나를 짓누르는 느낌이 들었다. 그리고 그것은 사라지지 않고 계속 꿈으로 나타나는 것이었다.

보통은 한두 차례 눈물을 흘리고 나면 괜찮아졌는데, 이번에 느끼는 감정은 조금 다르게 다가왔다. 아픔이 쉽게 사라지지 않고 무의식 속에 잔해로 남겨지고 있었다.

TV 속에서는 연일 일본 쓰나미의 피해사례가 방송되고 있었다. 대지진으로 참혹하게 생사를 달리하는 사람들의 모습이 흔들리는 카메라에 비쳤다. 밀려오는 쓰나미에 딸의 손을 놓쳐버리고 혼자 살아남은 어머니, 3살짜리 손자를 가슴에 꼭 안은 채로 죽은 할머니, 형체도 없이 부서진 집터에서 가족의 행방은 알 수 없는데 발견된 한 장의 가족사진…. 가족과 삶의 터전을 순식간에 잃어버리고 망연자실한 그들의 모습에 가슴이 아렸다.

쓰나미는 순식간에 건물과 집들을 삼키고, 단단한 콘크리트 벽을 힘없는 종잇장처럼 무너뜨리며 순식간에 마을을 초토화시키는 것이었다. 일본을 강타한 지진은 너무 생생했고 무서웠다. 공포 때문이었는지 가족을 잃은 이들의 고통 때문이었는지는 모르겠지만 슬픔이 뜨겁게 솟구쳐 올랐다. TV 속 그들의 눈물에 나도 눈물이 흘렀다.

'저들을 어떻게 위로해주면 좋을까? 하지만 어떤 말인들 위로가 될까….'

안타까운 마음에 나도 모르게 기도가 나왔다. 무너진 건물 속에 아직 갇혀 있는 사람들이 빨리 구조될 수 있기를…. 가족을 잃고 고통 받는 사람들의 아픔이 치유될 수 있기를….

마음속으로 바랄 수밖에 없었다.

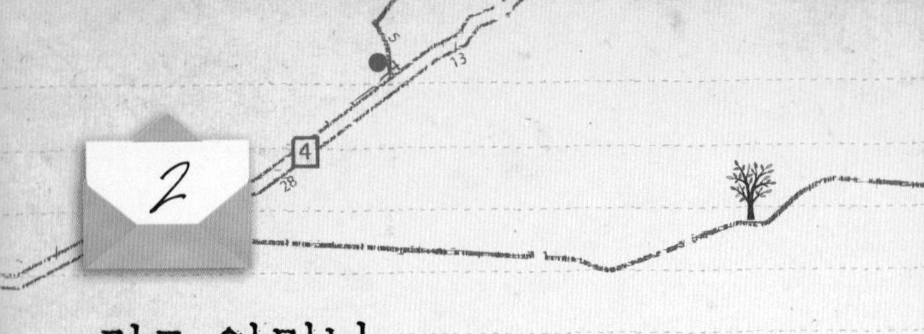

지구 어머니, 그녀가 울다

여느 때처럼 잠을 자려고 누웠으나 답을 알 수 없는 질문들이 꼬리에 꼬리를 물고 이어졌다. 지진으로 피해를 당한 일본 사람들은 어떤 이유에서 이런 일을 당하는 것일까? 그리고 아이들은 무슨 잘못이 있어서 저런 무서운 경험으로 죽어간단 말인가? 자연재해 앞에서 인간은 아무것도 할 수 없는 무기력한 존재란 말인가? 지진의 진앙을 밝히고 피해사례를 모은들 다음에는 안전하리란 보장이 있단 말인가? 마냥 앉은 채로 당해야 하는 것일까?

설상가상으로 일본 지진 때문에 원자력 발전소 두 개가 폭발하고 그 여파로 방사능이 점점 확산되고 있다고 뉴스에서 보도하고 있었다. 이제 정말로 일본 지진은 남의 일이 아닌 내 일이 되어버렸다. 일본과 가장 가까운 나라 한국. 정부에서는 피해가 없을 것이라 장담했지만 국민의 불안감을 해결하기엔 역부족이었다. 빗물과 농수산물에 방사능이 검출되었다는 보도도 잇따랐다. 세계는 점점 공포 속으로 빠져들고 있었다.

이런 불안한 상황 때문인지 알 수 없는 악몽은 계속되고 있었고, 그 이유를 알 수 없는 것이 더 답답하였다. 온갖 생각들 때문에 밤새 잠을 설치다 명상을 하려고 자리에 앉았다. 깊은 호흡을 하며 숨을 내쉬고 들이쉬었다. 호흡이 가라앉질 않았다. 어제의 악몽, 답답한 질문들, 방사능에 대한 공포에 대한 생각들이 뒤범벅되어 좀처럼 집중이 되지 않았다.

잠시 머리를 식히고 다시 앉았다. 알 수 없는 질문들에 대한 답을 혹시 명상을 통해서 얻을 수 있을지도 모른다는 생각에 단전에 집중해 본다. 깊은 고요가 느껴졌다. 그대로 집중해본다. 내쉬고 들이쉬고….

'몹시 아픕니다….'
'네?'
'……'

누군가 내게 몹시 아프다고 전하고 있었다. 깜짝 놀랐지만 깊이 숨을 내쉬면서 호흡을 진정시켰다.

'누구신가요?'
'……'
'아프다고 하셨나요?'
'… 당신이라면 이해할 수 있을까요?'
'제가요?'
'슬픕니다…. 몹시 슬픕니다.'

낮은 톤이었지만 이상하리만치 선명했다. 누군가 나를 찾고 있었고 슬픔이 전해지고 있었다. 너무나 꿈이 생생했던 것도 그렇고 어떤 이유가 있는 것이 분명했다. 슬픔과 의문이 한꺼번에 밀려오고 있었다.

'당신은 누구신가요?'

'……'

'당신의 슬픔이 무엇인지 알고 싶어요.'

'당신은 나의 일부예요. 땅도, 바다도, 바람도, 나무도 모두. 내 안에 있지요.'

'당신이 만들었다는 건가요?'

'처음부터 함께 했어요.'

'당신은…'

'지구랍니다.'

'지구? 지구요? 내가 살고 있는 지구?'

'당신이 나를 부르고 있었어요.'

'제가요?

내가 지금 지구와 대화를 하고 있다고? 믿을 수가 없었다.

'믿으세요. 당신은 다른 대상과 이미 교감을 하고 계시잖아요.'

'그렇지만 내가 지구와…'

'믿으세요. 믿는 만큼 저와의 대화는 명료해질 것입니다.'

'정말인가요? 지구가 의식이 있나요?'

'나를 떠올려보세요. 당신이 명상을 하듯이.'

'설마 지구가 답을 해주리라곤…'

'의심하지 말고 느껴보세요. 지금 지구가 어떤 상태인지….'
'……'

지구를 떠올리고 느끼려 하자 가슴이 빠개질 듯 아프면서 눈물이 흐르기 시작했다. 갑자기 밑바닥에서 차올라 터져 나오는 울음 때문에 한동안 숨을 쉴 수 없을 정도였다.

'눈물이 나요. 눈물이 멈추지 않아요.'
'……'
'무어라 할 말이 없을 만큼 슬프고 좌절이 느껴집니다.'
'그것이 바로… (깊은 한숨) 저의 상태입니다….'

지구와의 만남은 이렇게 시작되었다.

3

걷기여행을 결심하다

이쯤에서 내가 다른 대상과 교감하는 것에 대해 설명을 해야 할 것 같다. 세상의 모든 존재가 말을 통해서 대화하는 것은 아니다. 때로는 사람의 표정만으로도 그 사람의 기분을 파악할 수 있듯이 언어 이전에 전해오는 미세한 파장은 대상에 대한 선입견 없이 투명하게 상대를 이해하고 받아들이는 방법이다. 이렇듯 파장을 통해 다른 대상을 느끼거나 대화를 하는 것은 교감의 한 방법이다.

자연이나 다른 대상과의 파장으로 교감이 가능해진 것은 10

여 년의 명상을 하고 나서였다. 숲 속에 가면 나무들의 느낌을 느낄 수 있었고 동물들을 보면 그들의 상태가 전해졌다. 타고나면서 남달랐던 공감능력은 명상을 통해 정교하게 다듬어져서 깊은 호흡을 하면 직관적으로 다른 이들의 상태가 전달되면서 그들의 메시지나 상태를 감지할 수 있었다.

일본 쓰나미 이후, 나는 피해자들의 아픔을 공감하면서 해소되지 않은 의문이 계속되었고, 우연처럼 지구와의 교감을 시작하게 되었던 것이다. 하지만 지구와의 만남이 단순히 우연만은 아니라는 느낌이 들었다. 왠지 그동안 다른 대상과 교감을 해 온 것이 지구와 교감을 하기 위해 준비해온 것같이 느껴져서였다. 그리고 인제야 내가 해야 할 일의 그 시작점에 선 기분이 들었다.

지구와의 첫 만남 이후 나는 지구를 떠올리며 명상 중에 지구를 찾고 있었다.

지구와의 대화

지구, 지구여…. 당신과 이야기할 수 있을까요?

…가능합니다.

당신을 떠올리면 왜 이리 눈물이 나고 슬픔이 밀려올까요?

당신의 눈물은 저의 아픔에 공감하는 눈물이지요. 저는 더는 견딜 수 없을 만큼 아픕니다. 하지만 이 아픔을 모르는 사람들이 지구인의 대부분이지요. 자신들이 발을 딛고 있는 땅이자 모든 생명의 성장과 먹을거리를 제공하는 제가 이렇게 아프지만 아무도 관심이 없습니다. 저는 인간들의 무관심과 파렴치한 행위에 온몸과 마음이 상처와 멍투성이지요. 기대나 희망을 버리고 싶은 심정입니다.

아… 너무 죄송합니다. 인간의 무지와 무관심, 끝없이 이어지는 자신만을 위하는 행동에 진심으로 사과드립니다. 당신의 아픔이 전해옵니다. 지구여, 제가 당신을 어떻게 이해하면 될까요?

저와의 대화를 통해 많은 사람에게 저의 마음과 상태를 알려주세요. 당신이면… 아마도 가능하지 않을까요. 사람들이 그렇게 쉽게 변할 수 있을지 의문이지만, 제가 어떤 마음이고 상태인지 조금이라도 느껴보셨다면 저를 도와주세요. 결국, 그것이 모든 지구인을 돕는 방법이지요. 우리는 공동운명체이니까요.

좋습니다. 제가 할 수 있을지 모르겠지만, 당신을 돕고 싶어요. 제가 당신을 어떻게 부르면 좋은지요?

어떻게 불러도… 다 좋습니다.

처음에는 남성의 음성처럼 느껴지기도 했는데 지금은 여성의 음성으로 들리는 군요.

남녀가 다 존재하는 지구의 표현이라 보시면 되지요. 여성도 남성도 아닌 상태라 보면 됩니다.

그러면 사람들은 왜 여신 '가이아'● 라고 하나요?

지구는 모든 생명체를 품어 안고 기르는 어머니의 속성을 지니지요. 그래서 여신이라 부르고 있지요.

제가 당신을 가이아님이라 부르는 것은 어떠신지요?

나쁘지 않네요. 좋습니다.

최근 가까운 일본에서도 강도 9 이상의 지진이 일어났습니다. 지금 지구 곳곳에서 기상이변이나 자연재해가 수시로 일어나고 있는데, 이에 대해 질문을 해도 될지요?

저의 아픈 상태를 드러내는 것입니다.

● 그리스신화에 나오는 '지구의 여신'을 말하며 만물의 여신으로도 불린다. 영국의 과학자 제임스 러브록은 지구는 그 자체가 하나의 거대한 생명체로 그 위에 사는 생물들의 생존에 최적조건을 유지해 주기 위해 언제나 자기 스스로 조정하고 스스로 변화한다는 '가이아 이론'을 주장하였다.

그렇군요. 큰일이 일어나니 이제야 당신에게 이렇게나마 관심을 두게 되었네요. 하지만 많은 사람이 당신의 상태나 자연의 속성에 대해 너무 모르다 보니 무엇이 잘못되었는지 어떻게 해야 할지를 모르고 있지요. 지금부터라도 노력하면 당신의 상태를 우리 인간들이 이해할 수 있을까요?

그럴 수 있으리라 생각합니다.

지금 당신의 상태를 좀 더 구체적으로 말씀해줄 수 있나요?

저는 더는 견딜 수 없을 만큼 아픕니다. 지구 내부의 온도는 상승하고 있으며 지각판은 움직임을 계속하고 있지요. 언제라도 어디에서든 분출할 수 있는 상태입니다. 땅의 곳곳은 파헤쳐져 나의 피부는 상할 대로 상해서 더는 밖의 나쁜 기운들을 막을 수 없을 정도이지요. 세계가 도시화, 산업화되면서 땅을 덮어버려 숨을 쉴 수 있는 피부가 많지 않습니다. 피부암의 상태라고 보시면 되지요.
그리고 나무는 벌목을 당하여 체온 유지가 힘이 들고 더위나 추위에 그대로 노출되는 상태입니다. 벌거벗은 상태가 된 것이죠. 거기다 바다는 오염되어 인간으로 보자면 혈액이 오염된 동맥경화의 상태입니다. 기름때와 찌꺼기가 가득 찬 혈관을 생각해 보세요. 심지어 산맥이나 산을 깎는 것은 나의 뼈와 골수를 깎는 것과 같습니다. 얼마나 고통스러울지 상상이 가시나요?

제 몸에 성한 곳이 한군데도 없습니다.

당신은 그렇게 아프군요. 그런데 약간 의문이 드는 것은 도시가 차지하는 땅이 그렇게 많은가요? 숲도 잘 보존된 지역이 훨씬 많고, 바다 역시 오염된 곳보다는 깨끗한 바다가 훨씬 더 많다고 생각되는데요.

자연이 존재하는 메커니즘에 대해 모르기에 그렇게 생각하는 것입니다. 자연은 그렇게 존재하는 이유가 있는 것인데, 인위적으로 변형을 시키거나 심하게 훼손을 하면 그것을 바로 잡으려는 현상이 일어나게 됩니다. 도시화와 산업화로 인한 자연의 훼손과 오염의 정도가 인간이 보기에는 작아 보일지 모르지만, 자연의 입장에서는 그 메커니즘에 지대한 영향을 주는 것이지요.

그리고 도시에 사는 인간의 수數를 생각해 보세요 그만큼의 인간의 수가 화석연료를 사용하고 물을 사용하며, 끊임없이 쓰레기들을 생산해 내고 있으며, 화학약품이나 공산품들을 만들면서 치명적으로 자연을 오염시키고 있지요. 그러한 정도가 작다고 말한다면 지구의 65억이라는 인구와 그들이 만들어 내는 자연적이지 않은 삶의 방식과 오염물들을 누가 어떻게 감당할 수 있을까요?

인간은 지금 지구와 생명체들에게 치명적인 타격을 입히고 있습니다. 그것을 완전히 이해하기가 어려운 것이 또한 인간의 문제이고요. 모든 것이 다 멸망하게 되는 마지막 순간이 되어야 알 수 있다면 그것은 정말 어리석음의 극치가 아닐까요? 제가 또 화가 나려고 합니다. 인간들의 무관심과 어리석음은 언제쯤 끝이 나려는지요?

죄송합니다. 당신이 그렇게 심각하게 아프다는 것을 알아차리지 못했네요. 당신을 이 지경으로 만든 사람 중 하나라서 드릴 말씀이 없습니다. 당신의 고통이 전해져오며 정말 우리가 무슨 짓을 해왔는지 이제 이해가 좀 됩니다. 지구 곳곳에서 기상이변과 자연재해가 당연히 일어날 수밖에 없다는 것이 가슴으로 이해가 됩니다. 사실 인간들은 자신의 이익이나 고통에만 민감하지요.

그렇습니다. 나의 아픔을 모르는 사람들이 지구인의 대다수를 차지하지요. 자신들이 발을 딛고 있는 땅이자 모든 생명의 성장과 먹을거리를 제공하는 제가 이렇게 아파하는데 왜들 이렇게 관심이 없는 건지요? 저는 인간들의 무관심과 파렴치한 행위 때문에 마음에 상처와 멍이 들었지요. 그러니 제가 무엇을 기대할 수 있겠는지요?

내가 교감하기 시작한 지구는 몹시 아프고 슬펐다. 지구의 이런 아픔을 진심으로 이해하고, 지구와 깊은 교감을 하기 위해서 무엇을 어떻게 하면 좋을까?

누군가를 처음 만날 때는 그 사람에 대한 기본적인 정보들을 수집한다. 나이, 성격, 좋아하는 것 등등… 지구와 교감하기 위해서 지구에 대해 알아야겠다는 생각이 들었다. 도서관에 들러 지구과학과 지구환경에 관련된 자료들을 찾아보았다. 하지만 20년간 학생들을 가르치고 주부로서 생활해 온 나로서는 지구의 과학이야기는 너무 어려웠고, 환경이야기는 누구나 알고 있는 그저 그런 이야기로 들렸다. 한마디로 이해도 잘 안 되고 공감하기도 어려웠다. 아, 좀 더 쉽게 지구를 이해하는 방법은 없을까? 집으로 터벅터벅 걸어오는 길, 그때 퍼뜩 떠오른 생각….

'그래! 바로 이거야! 걸어보는 거야.'

무언가 알 수 없는 질문들이 밀려올 때 무작정 걷다 보면 생각도 마음도 저절로 정리가 되곤 했었다.

이 두 발로 대지를 걸으며 지구를 느껴보리라. 지구의 아픔을 느끼고 슬픔을 공감해보리라. 지구 어머니를 이해하기 위한, 그리고 교감하기 위한 걷기여행을 시작하는 것.
바로 그것이었다.

동그랗고 푸른 별 지구, 많은 생명체를 지닌 바다와 대양.

드넓은 초원과 사막을 지닌 육지, 산과 들과 벌판.

모든 것들의 개성과 조화 속에 끊임없는 변화와 진화가 일어나는 곳,

아름다운 별.

이 모든 것이 당신입니다.

당신의 마음이 아픈 듯하고 외로움이 바람처럼 지나갑니다.

당신은 광활한 대지이고 바다이며,

당신은 폭풍우로, 비로, 눈으로 우리를 길러 냅니다.

당신 속에 깃들지 않은 것은 없으며 당신은 모든 것의 어머니로 존재합니다.

당신의 마음이 느껴집니다.

당신의 숨결이 전해옵니다.

사랑은 만물을 성장하게 하며
만물이 본래의 역할을 하게 하는 원동력이지요.
지구 가이아의 사랑은 지구의 모든 생명체에 대한 사랑이자
그들에 대한 본질적인 관심입니다.

지구 어머니, 가이아와의 여행

필자가 걸었던 7일간의 코스

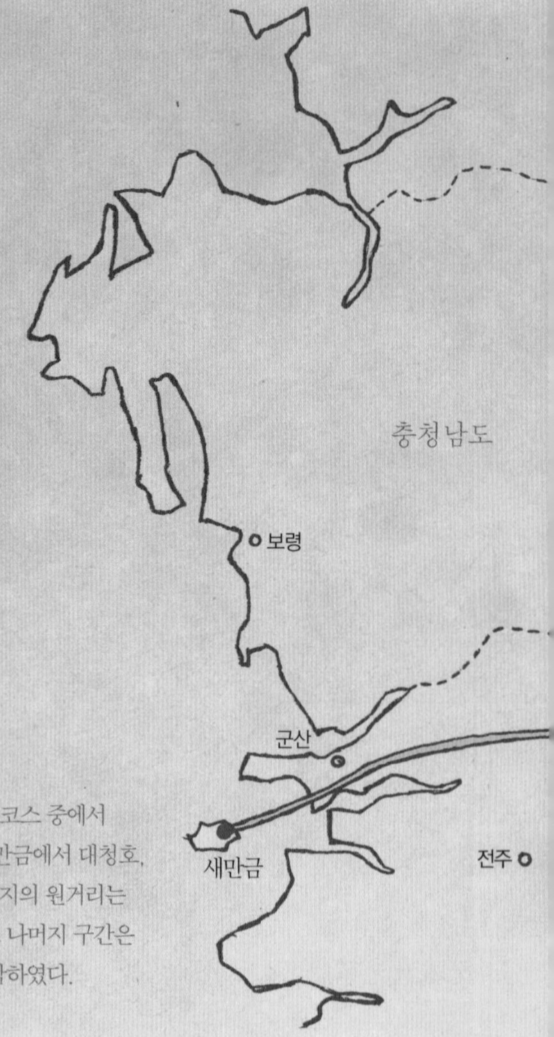

건기여행의 1, 2일차 코스 중에서
서울에서 새만금, 새만금에서 대청호,
대청호에서 회인천까지의 원거리는
자동차로 이동하였고 나머지 구간은
걸으면서 지구와 교감하였다.

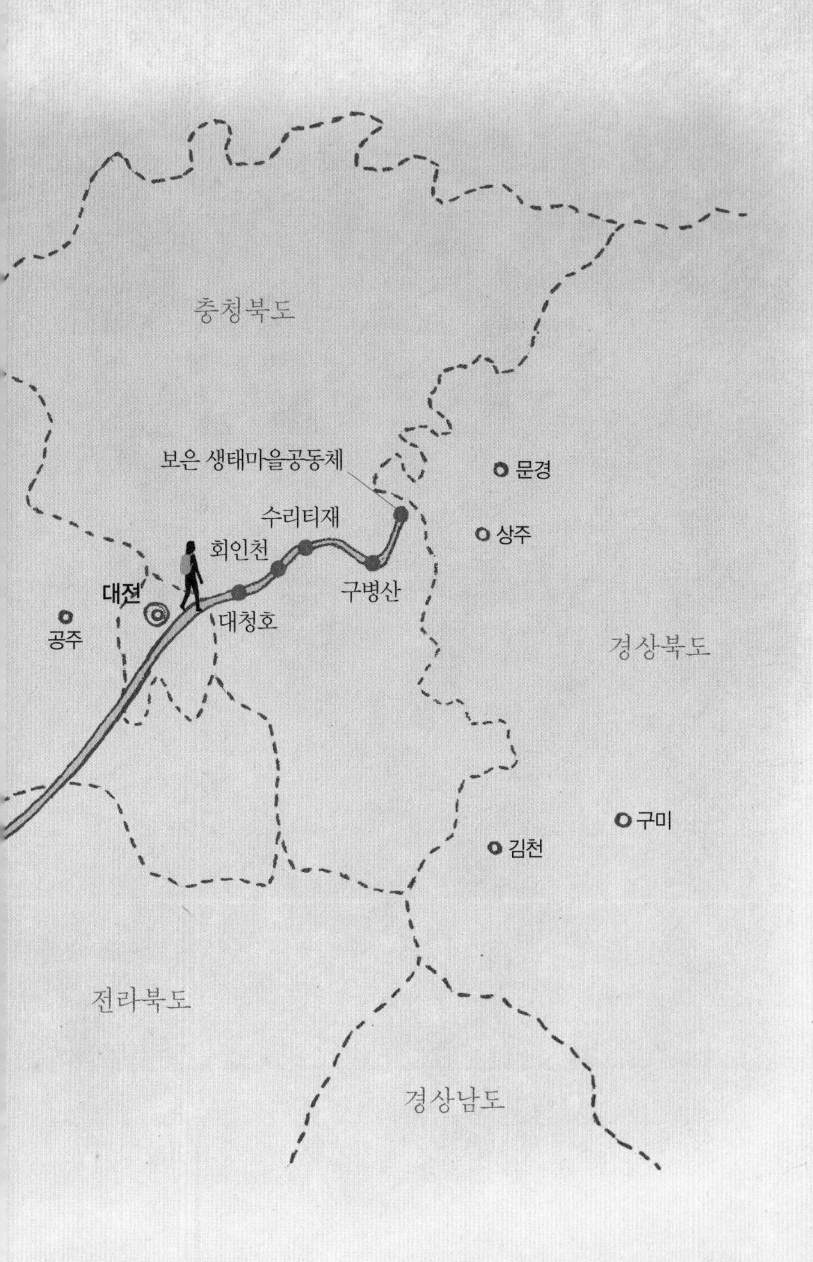
충청북도
보은 생태마을공동체
문경
수리티재
상주
회인천
대전
구병산
공주
대청호
경상북도
구미
김천
전라북도
경상남도

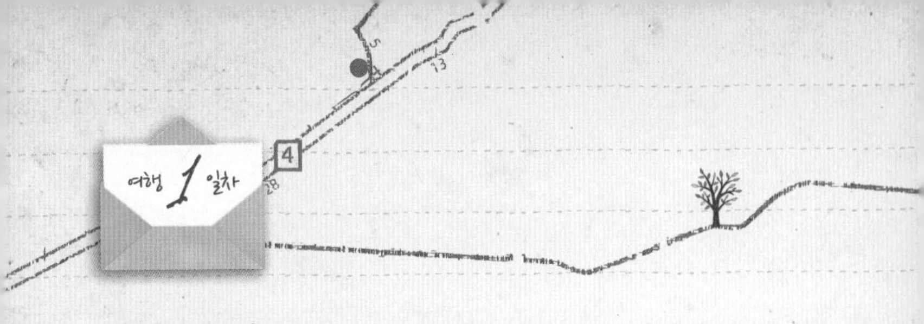

새만금에서-

땅 위로 흐르는 슬픔

여행의 시작은 새만금 방조제였다. 새만금을 정한 이유는 딱히 없었다. 지도를 펼쳐놓고 어디를 걸으면 좋을까 생각하던 중 몇 년 전에 한 선배가 죽기 살기로 새만금 개발을 반대하며 방조제에 일주일이나 매달렸던 기억이 났다. 그 당시 선배의 객기가 좀 우습기도 하고 한편으로 그 열정에 놀라기도 했다. 돌아보니 나는 그 선배가 하고자 하는 일을 머리로 이해했던 것 같다. 미안한 기억이다. 그때 좀 더 열렬히 응원했었으면 좋았을 것을….

많은 환경단체가 목숨 걸고 반대했던 곳, 새만금. 그곳에 가보기로 했다. 아침부터 서둘렀다. 호우주의보가 내렸다더니 길을 나서기 전부터 비는 쉴 새 없이 퍼붓는다. 이 비에 여행을 떠나는 것이 잘하는 것인지…. 며칠째 울적한 마음을 날씨가 더 부추기고 있었다.

어설픈 기억만으로는 새만금 방조제에 대해 지구와 깊은 교감을 할 수는 없을 것 같아 새만금에 대한 정보를 찾아보았다. 새만금 방조제는 33km에 달하는 길이만큼이나 여러 사람의 이권 다툼 속에 개발된 곳이었다. 새만금 방조제 이전엔 새만금 갯벌이라는 이름으로 불렸고, 그 방대한 넓이만큼 세계 5대 갯벌 중 하나로 꼽힌다. 수질정화, 자연재해 예방, 어류산란, 철새의 중간 기착지 등 생태계에서 중요한 역할•을 해왔음에도 역대 정치인들의 경제개발과 일자리 창출이라는 명목 속에 새만금은 갯벌이라는 이름 대신 방조제라는 인공

• 갯벌을 비롯한 습지는 지구에서 가장 풍부한 생물의 다양성을 지니고 있으며, 이러한 생태학적 성질에 기인하여 '생물학적 슈퍼마켓'으로 불린다. 주변 생태계와 순환하는 기능을 일컬어 '대지의 콩팥'이라 부르며, 각종 바다 생물에게 서식처를 제공하기에 '바다 생물의 자궁'이라 부르기도 한다. 단순히 경제적 이익의 관점에서만 계산하더라도 갯벌의 가치는 농경지의 3.3배에 이른다는 연구결과가 나온 바 있다.

인간이 새만금을 점령한 것처럼 깃발이 나부끼고 있다. 인간이 과연 자연을 점령하는 것이 가능한 일일까?

이름을 달게 되었다.

범 종교 4대 종단과 국내외 환경운동단체들의 반대 운동과 법원의 집행정지, 그리고 다시 국민의 표심을 잡기 위한 정치인들의 압력으로 2006년 4월, 결국 새만금 갯벌은 바다로부터 고립되었다고 한다.

서울에서 빗속을 달려 세 시간 반 걸려서 새만금 방조제에 닿았다. 디행히 세차게 내리던 비가 잦아들면서 방조제를 이곳저곳 돌아볼 수가 있었다. 새만금 방조제는 인간이 자연에 도전장을 냈다고 할 만하게 그 규모가 컸다. 갯벌을 메운 간척지 위에 넓게 뻗은 길을 만들어, 인간 승리의 상징처럼 간척지와 바다를 확연히 나누어 놓았다.

비구름이 덮인 검회색 바다. 그 바다에서 불어오는 바람에 쓸쓸함이 묻어났다. 바다는 광활한 갯벌을 잃고서 자갈과 시멘트로 쌓은 초라한 방조제에 부딪혔다 쓸려가고 있었다. 반대편을 보니 갯벌은 사라지고 주변의 산을 깎아서 그 흙으로 갯벌을 메우고 있었다.

굴착기가 깎아낸 산은 벌겋게 맨살을 드러내 보였고, 그것을 보고 있자니 아픈 상처에 소금을 뿌리는 것 같은 아픔이 느껴졌다. 자연은 그대로인데, 그 자리에 있었을 뿐인데, 인간은 개발이라는 이름으로 자연을 괴롭히고 있었다. 도대체 왜 이런 짓을 한 것일까? 나도 모르게 이런 말이 나왔다. 무엇을 위해서 인간은 이토록 잔인한 짓을 한 것일까?

새만금을 떠올리자 마음이 쓸쓸해지고 아팠던 이유가 바로 여기에 있었다.

새만금의 갯벌

지구, 가이아님…. 당신을 좀 더 느끼고 대화하고 싶어서 이곳 새만금에 왔습니다. 새만금은 바다를 메워 넓은 간척지를 만든 곳인데 며칠 전부터 이곳의 이야기와 사진을 보면서도 마음이 아파서 울고 싶었습니다. 실제로 와 보니 인공적인 방조제로 바다를 막아 엄청난 넓이의 갯벌을 간척지로 만들고 있네요. 당신이 새만금을 바라보는 느낌은 어떤지요?

이미 당신이 느끼고 있지 않나요? 이곳에 오기 전부터 자연이 파괴되는 것에 대해 가슴앓이를 하지 않았나요? 자연이 울고 있습니다. 죽어가는 갯벌. 거기에 사는 동식물은 이제 사라지는 것을 말합니다. 바다를 막아 땅을 만든다고 그 땅이 바다와 땅을 이어주는 갯벌의 역할을 할 수 있나요? 인간의 욕심과 무지 때문에 이런 일이 곳곳에서 일어나고 있는 것입니다. 제가 우는 것이기에 당신이 그대로 느끼는 것이지요. 생명체들을 죽이고, 땅을 죽이면서 무슨 개발을 했다고 좋아하는 인간들을 보면 참, 할 말이 없습니다. 앞으로 인간들이 한 행동은 충분히 되돌려 받게 될 것입니다.

인간들을 호되게 꾸짖어 주는군요. 갯벌에 대해 이야기해 주세요. 우리나라뿐 아니라 대부분의 나라가 오랜 기간 갯벌을 '쓸모없는 땅'으로 인식하며 개발 대상으로 삼아왔습니다. 지구 전체로 보았을 때 갯벌은 어떤 곳인가요?

갯벌은 바다 생명체의 활동공간입니다. 그리고 바다와 육지를 이어주는 중간적 점이지대이기도 하고, 갯벌로 되어 있기에 많은 오염물질을 거르고 정화하는 역할을 하는 것입니다. 물이 정화되는 자연적 정화장치입니다. 서해의 바다가 색깔이 흐려 보여도 갯벌이 있어서 물이 정화되기가 쉬운 것입니다.

그러면 갯벌을 막아버리면 어떤 일이 생기나요?

육지와 바다의 소통공간을 차단하는 것과 같습니다. 어

떤 결과가 일어날 것 같습니까? 바다와 육지 모두 오염되는 것입니다. 그리고 중간지대에 사는 모든 생물, 많은 바다생물의 산란지역이 없어지고 어종이 사라지는 것입니다. 바다와 육지가 따로따로 존재하는 것이어서 그 충격과 오염을 완화해 줄 곳이 없어지는 것입니다. 또한, 육지의 오염된 물질과 쓰레기들을 갯벌의 많은 미생물과 생물들이 처리해 주었는데 그것이 바로 바다로 유입되니 바다의 입장에서도 더욱 부담됩니다.

그런데 실제로 돌아보니 이렇게 어렵게 만든 간척지의 땅이 잘 활용되고 있지도 않았습니다.

바다를 막아 땅을 만든다고 그 땅이 진짜 땅의 역할을 충실히 하기는 어렵습니다. 농작물을 재배할 정도로 활용할 수는 있지만, 인간이 살기에 적당한 장소는 되지 못합니다. 예로부터 인간들이 사는 곳은 가려서 집을 짓고 마을을 만든 이유가 있지요. 땅을 메운다고 그곳이 땅의 역할을 제대로 한다고 보기는 어렵지요.

제가 그것을 체감한 적이 있습니다. 바다를 메운 곳에 가 있으면 몸이 굉

: 몸통이 잘린 고래의 꼬리 모양이 바다로부터 고립된 새만금을 상징화한 것 같다.
잔뜩 구름을 드리운 하늘만큼 우울한 느낌이 드는 형상이다.

새로운 문명을 만들려다 현재의 문명이 흔적도 없이 사라져버리는 것은 아닐까? 새만금 방조대를 보면서 생명을 존중하지 않는 문명의 이기가 어디까지 손을 뻗칠지 염려되었다. 인간에게까지 이어지고 있는 것은 아닌지.

장히 붓고 수水기운에 문제가 생겨서 이곳에 살기는 어렵겠다는 생각이 들었습니다. 배를 타고 있을 때와 같은 느낌이었습니다.

그렇습니다. 흙을 좀 메운다고 그것이 육지가 되는 것이 아니라 바다의 기운을 계속 가지고 있지요. 땅이 땅인 이유가 있는 것입니다. 오랜 세월에 걸쳐 융기하거나 퇴적하여 만들어진 땅과는 다른 것입니다.

그렇군요. 식물들이나 동물들에게는 크게 영향을 미치지는 않나요?

식물은 종류에 따라 다릅니다. 어떤 것은 괜찮고 어떤 것은 생존하기가 어렵습니다. 육지 동물들 또한 습하고 바다의 기운이 있는 곳을 선호할 리가 없지요. 새들은 본래 거기에 살고 있거나 계절에 따라 오는 곳이어서 상관 없는 편이지요.

새만금의 곳곳을 돌아보고 나니 늦은 오후였다. 이곳 사정을 주민에게 들어보고 오늘 밤 묵을 곳도 정할 겸 계화도를 찾아갔다. 간척지로 메워진 계화도는 더 이상 섬 아닌 섬이 되어 있었다.

마을회관에 여러분의 어르신들이 계셨다. 비가 쏟아지는데 찾아온 객지 사람이라 좀 난데없을 텐데, 새만금에 대해 듣고 싶다고 했더니 반겨주면서 들어오라고 했다. 동네 어르신들이 모여서 팥 칼국수를 준비하고 있었는데 함께 먹자고 하신다. 진한 팥 국물이 시골 인심처럼 구수했다.

비가 와서 모두 갯벌에 나가지 않으셨는지 여쭈니 갯벌에 잘 나가지 않는다고 하신다. 별로 잡을 것이 없다고…. 예전 같으면 갯벌에서 조금만 움직이면 족히 먹고살고 자식 공부 다 시켰는데, 이제는 실업자가 되어 버렸다고 푸념하셨다.

삶의 터전을 잃고 어떻게 살아갈지 모르는 계화리의 주민에게서 허전함과 회한 같은 것이 묻어나왔다. 하지만 새만금 개발에 대한 막연한 환상도 마음 한편에 있었다. '새만금이 개발되어도 우리 세대에 이득이 돌아오겠느냐, 자식세대쯤 가능하지 않겠느냐.'고 하시는 걸 보니. 자연이 언제부터 이득이 되는 대상이 되어버린 것인지….

바다 생명체들의 자궁인 갯벌은 자연의 무덤이 되었고, 바다 사람들은 삶의 터전과 살아갈 의미를 한꺼번에 잃어버렸다. 인간이 개발한 광활한 땅에는 지금 자동차가 달리고, 거창한 개발 계획들이 전시되어 있었다. 자연은 이런 인간의 행위를 어떻게 받아들이고 있을까….

인간의 자유의지와 욕심

지구, 가이아님. 새만금처럼 심각하게 자연을 훼손하면서도 이런 개발을 통해서 인간이 풍요로워지고 이익을 얻는다고 사람들은 생각합니다. 오늘날 이런 논리가 전 세계적으로 팽배한데 인간들의 이런 행위를 어떻게 보는지요?

인간의 물질적 욕망을 끝없이 드러내는 국가적, 세계적인 모습의 단면이지요. 인간은 오래전에 정작 소중한 것이 무엇인지를 잃어버렸습니다. 눈앞의 실익을 추구하는 마음이 사람들 마음에 가득합니다. 거창한 논리나 명분을 내세워 자연과 환경을 파괴하면서 정작 자연이 어떻게 되는가에 대해서는 관심이 없습니다. 함께 저지른 일이기에 누구의 책임도 아닌 일이 되었지요.

자연은 말이 없지만 더는 참아줄 수 없는 수준이 되면 무서운 복수를 시작하게 됩니다. 섬세한 자연을 이해하는 마음과 진정 자연과 함께 살아가고 싶은 마음을 일으켜야 합니다. 자연이 언제나 인간의 마음대로 통제되고 조절되는 것이 아님을 빨리 깨닫기를 바랍니다. 위험수위를 넘은 지 오래됐습니다.

인간은 자연에 대한 이해와 감각이 동물보다도 덜 발달한 것 같습니다. 그런데 본인들은 정작 '인간은 만물의 영장'이라고 생각하며 지구의 다른 생명체를 함부로 대하기도 합니다. '인간은 만물의 영장'이란 말에 대해서는 어떻게 생각하는지요?

인간이란 종種은 지구별에서도 영향력이 큰 역할을 하고 있습니다. 지구나 다른 생명체를 파괴할 수도 있고, 자유의지에 따라 발달된 기술이나 진화된 마음과 사랑으로 많은 다른 생명체들에게 혜택을 줄 수도 있습니다. 인간은 자유의지가 부여된 종이니까요. 그래서 지구라는 별에서도 역할 상으로 많은 영향을 미치고 있고요.
지금 인간의 의식 수준과 문명으로는 지구별에 폐해를 가중시키고 있는 수준이며, 많은 생명체를 무시하고 짓밟고 있다고 말씀드릴 수 있습니다.

만물의 영장이라는 말이 멋대로 해석되어 모든 생명체를 좌지우지하는 일은 없어야 하며, 사랑이 바탕이 되어 다른 생명체들과의 공존을 통해 함께 진화할 수 있어야 합니다. 만물의 영장이란 이러한 주도자의 역할을 의미하는 것이지요.

인간들이 물질적으로는 풍요로워졌지만 더 행복해지진 않은 것 같습니다. 생활적인 여건은 좋아졌으나 우울증, 정신병, 자살 등의 증상에 시달리는 이들도 늘고 있습니다. 인간들이 겪는 불행의 근본 원인은 무엇일까요?

헛된 욕심입니다. 인간은 다른 생명체들과 달리 허욕을 가지고 있지요. 그것이 삶에 진정 필요한 것인지 생각하기보다 자신을 드러내고 과시하기를 좋아합니다. 그것이 만족되지 않거나, 상대적 박탈감을 느끼게 되면 우울하고 불행해지는 것입니다.

작은 땅에서 농사를 지으면서 자신의 삶을 아름답게 가꿀 수도 있습니다. 하지만 인간들은 현재, 행복하기보다 거대한 물질문명 속에서 그냥 휩쓸려 가고 있는 형상이지요. 그 욕망의 많은 부분은 실제로 삶에서 필요하지 않은 부분입니다. 그래서 자신이 하지 않아도 될 일을 너무 많이 하면서 살아갑니다. 인간의 삶에 대한 전반적인 수정과 재고가 필요해 보입니다.

인간의 존재에 대해 다시 생각해 보게 되네요. 내일도 당신을 만나기를 기대합니다.

현대 도시인들은 많이 가져야 행복하다는 환상 속에 사는 듯하다. 더 넓은 집, 더 좋은 차, 더 많은 월급, 더 많은 권력…. 이런 인간들의 욕망 속에 자연이 병들고 더불어 인간도 병들고 있다는 사실을 사람들은 간과하고 있는 듯하다.

예전에 알던 지인이 큰 집을 사서 이사를 했다. 한국에 사는 40대 중반의 중산층이면 누구나 집을 사는 것을 사명처럼 여기고 살듯이 그도 그런 사람이었다. 하지만 술자리에서 그가 던진 한마디는 꽤 인상 깊었다.

"넓은 집으로 이사하니까 딱 한 달만 행복하더라고. 그다음엔 집이 넓은 줄 모르겠는 거야. 무감각해진 거지. 남는 것은 대출 갚느라 허덕이는 인생뿐이더군."

우리는 물질로는 행복을 살 수 없음에도 물질이 많아야 행복할 수 있다는 착각을 하곤 한다. 새만금을 돌아본 느낌은 새만금도, 그곳 주민도 그다지 행복해 보이지 않았다는 것이다. 새만금 갯벌에 거창한 명분을 걸고 개발했던 사람들은 그러면 행복해졌을까? 인간들의 헛된 욕심에 상처 입었을 새만금을 생각하니 부슬부슬 내리는 비가 마치 새만금의 눈물처럼 여겨졌다.

비가 내리는 새만금에서 새벽을 맞았다. 오랫동안 새벽에 명상을 하던 습관 때문인지 동도 트기 전에 저절로 눈이 떠졌다. 명상 중에 새만금과 사람들의 아픔을 기운으로, 마음으로 닦아본다. 지구의 아픔이 바로 인간의 아픔이었기에 지구의 한 모퉁이에서 새만금과 이곳 사람들을 위해 기원해본다. 아픈 상처가 치유될 수 있기를 바라자 눈물이 흐른다. 맺힌 감정과 함께 굳어버린 마음이 풀리고 있었다. 내리는 빗속에서 새만금도 나도 그렇게 울고 있었다.

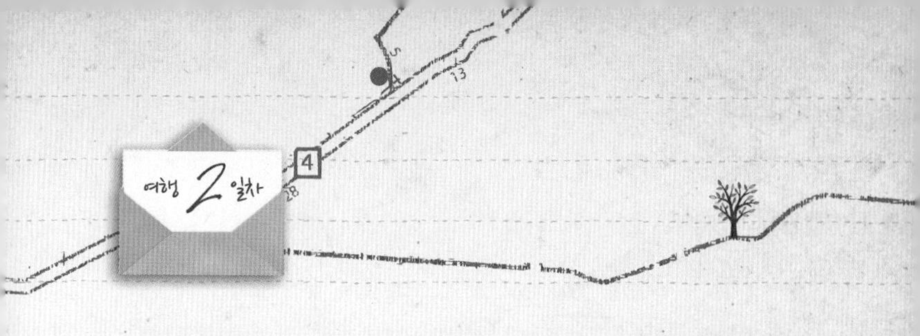

대청호에서-

지구가 살아 있는 소리

걷기여행 이틀째, 오늘은 대청호로 가기로 했다. 서해 갯벌의 아픔을 보고 나니 바다가 이 지경이라면 강과 댐에서는 무슨 일이 일어나는지 알고 싶어졌기 때문이다. 인간이 만든 위대한 발명 중 하나가 댐이라고 한다. 홍수 조절과 물의 공급을 위해서 필요한 것이라고 하는데, 우리는 여전히 홍수에 속수무책이고 물은 여전히 부족하다. 자연과 공존이 아닌 인간만을 위한 개발이기 때문일 것이다. 인간은 자연에 맞설 수 없음에도 거대한 자연에 끊임없이 도전한다. 인간은 바보다.

대청호에 도착하니 여전히 비가 오락가락한다. 하늘은 잔뜩 찌푸린 얼굴을 하고 있다. 걷기를 시작하려니 비가 다시 세차게 내리기 시작했다. 우산을 들었지만 발끝에서 무릎으로 그리고 어깨로 퍼붓는 세찬 빗줄기에 몸은 젖을 수밖에 없었다. 이럴 땐 그냥 포기하는 것이 마음이 편하다. 퍼붓는 비가 더는 인간의 이기심을 봐줄 수 없다는 신호 같아 마음이 조급해진다. 이 여행이 끝날 즈음엔 가이아님의 마음이 조금이라도 풀렸으면 하는 바람이 들었다.

갑작스럽게 오래 걸어서인지 발바닥은 약간의 고통을 호소한다. 하지만, 지구가 느끼는 고통에 비하면 그깟 고통쯤은 아무것도 아니다. 이 작은 고통이 지구와의 교감이 될 수 있고 위로가 될 수 있다면 그 자체만으로도 의미 있는 것이 아닌가. 빗속을 걸으면서도 줄곧 지구가 생생하게 느껴지는 것을 보니 확실히 그런 듯하다. 지구와 교감이 시작되었다는 것을 사람들에게 어떻게 설명할 수 있을까? 지구의 나이를 과학자들은 46억 년이라 추정하지만 실제 이런 의식체로 얼마 동안 존재해 왔던 것일까? 아니, 지구가 진짜 살아 있다는 것을 사람들은 이해할 수나 있을까?

: 비에 낙과된 과실의 모습. 아마도 이 열매들은 해가 나면 부패해 땅의 거름이 되고, 다시 자연으로 돌아갈 것이다. 자연의 순환에 위배되지 않도록….
지구에서 자연의 흐름을 위배하는 존재는 인간밖에 없는 것 같다.

서울을 떠나온 지 이틀이 채 안 되었지만 길을 나서기를 잘했다는 생각이 들었다. 무엇보다도 지구와 더 깊은 교감을 위해서 여행을 계속 해야겠다는 생각과 함께.

지구 여신 '가이아'

가이아님, 솔직히 저는 아직 당신의 존재에 대해 명확한 이해가 부족합니다. 당신은 어떻게 존재할 수 있는 건가요?

저는 지구의 근원적인 의식입니다. 태초에서부터 우주에서 주어진 지구의 의식으로서 본래 주어진 체계와 지구를 운영하는 시스템을 포함하는 것이며, 지구를 전체적인 차원에서 본 의식입니다. 인간으로 말하자면 무의식도 있지만, 본성本性도 있지요? 저는 인간의 본성에 더 가까운 개념입니다.

좀 어렵네요. 조금만 더 쉽게 설명해줄 수는 없을까요?

한 별이 만들어지면 그 별을 담당하는 의식이 부여됩니다. 인간이 탄생할 때 영과 혼이 하늘과 땅에서 주어지는 것과 같이, 별도 생명체로서 그러한 보이지 않는 역할을 하는 의식체가 있다고 보면 되지요.

아마 물질적인 세계에 익숙한 분들은 이해하기가 쉽지 않겠지만, 세상의 모든 생명체와 만물은 혼과 영이 있다고 보면 됩니다. 그 만물이 가진 역사이자 그것만이 가진 기운 같은 것이지요.

무생물도 마찬가지입니다. 사람이나 동물만이 감정이나 혼을 가진 것이 아니라는 것을 이해한다면 세상의 모든 것과 교감하거나 교통할 수 있습니다. 보이는 세계와 보이지 않은 세계가 공존하는 것이 우주이고 또한 여기 지구도 마찬가지이니까요.

당신은 언제 태어났나요? 당신의 나이가 궁금합니다.

저는 500억 년 전에 우주의 철저한 계획에 의해 탄생한 별입니다. 별의 생성이 다양한 과정으로 이루어지지만, 지구라는 별은 우연히 생성된 별은 아니고 우주의 여러 존재에 의해 계획적으로 만들어진 별입니다. 그래서 이렇게 정교하게 움직이고 있는 것입니다. 지구의 메커니즘을 보면 그냥 만들어진 별은 아니라는 것을 알아차릴 수 있지요.

그러면 과학자들은 왜 지구의 탄생을 46억 년 전이라 하는지요?

지금 지구의 과학은 굉장히 좁은 영역과 시각으로 이루어진 가설들에 근거하고 있습니다. 한 가지 가설에 또 다른 가설을 덧붙이는 형식으로 되어 있는데, 그중에 하나의 가설만 틀려도 다른 많은 가설은 진실이 아니게 되지요.

지구의 나이를 정확히 알고 있는 과학자들은 현재 없다고 할 수 있습니다. 운석이나 암석을 분석하여 그렇게 주장하고 있는데 사실 저의 나이는 제가 알고 있지요. 지구는 아주 오래된 별입니다. 생명체가 태어나고 죽고 또다시 태어나고 죽고를 반복하며 많은 과정을 거쳐 온 별이지만 그런 모든 것이 우주의 관여 하에 이루어진 것입니다.

당신의 태초의 모습은 지금과는 많이 달랐는지요?

처음 지구가 탄생하여 생명체가 살 수 있는 별이 될 때까지는 원시적인 별로서 한동안 지냈으며 생명체가 탄생할 수 있는 조건들을 오랜 기간 만들었습니다. 별 자체도 진화하는 것이지요.

당신의 이야기를 듣고 있으니 의식이 더 넓어지는 것 같습니다. 탄생 때부터 지금까지 당신이 살아왔다는 것은 인간의 관점에서 보면 엄청난 시간이라 여겨집니다. 당신에게 있어서 시간이란 어떤 의미가 있는지요?

시간이란 흐름이고 또 만물의 변화가 이루어지는 요인이 되지요. 인간의 관점에서는 오랜 시간이지만 저와 우주의 관점에서 시간은 굉장히 주관적이며, 때로는 순간이자 찰나이기도 합니다. 500억 년의 시간은 긴 시간이고 많은 변화를 이루어 낸 시간이기도 합니다. 그래서 저는 지구라는 생명체로 존재하면서 끝없이 진화하기를 바랐던 것이지요. 존재하는 것에 의미를 두기보다 왜 존재하는지 알기 위해 살아왔으며, 지금은 행성으로서의 진화를 눈앞에 두고 있는 시점입니다.

당신의 이야기가 심오해지네요. 당신도 나처럼 살아 있고 느끼며 의식이 있는데, 많은 사람은 그것을 모르고 있군요.

지구가 호흡하는 방법

당신이 생명체라는 것에 대해 더 구체적으로 이야기를 나누었으면 합니다. 살아 있는 모든 것들은 숨을 쉬지요. 인간은 폐를 통하여 숨을 쉬는데 당신은 어떻게 호흡을 하나요?

지구가 숨을 쉬는 방법은 간단합니다. 지구에 있는 많은 화산과 극(남극, 북극)을 통하여 숨을 쉽니다. 날숨과 들숨을 통해 지구 내부의 열을 방출하고 온도를 조절하는 작용을 하고 있지요. 화산의 많은 부분이 바다에 있어서 대륙보다는 바다에서 분출하는 방법을 택하고 있으며, 이런 정기적인 화산의 분출과 지각변동은 생명활동의 일부입니다.

숨을 쉬는 지구의 내부는 어떠한지요? 과학자들은 당신의 내부가 지각,

맨틀, 외핵, 내핵의 4개의 층으로 이루어져 있다고 말하는데, 당신의 깊은 곳에는 무엇이 들어 있나요?

지구 내부는 맨틀의 움직임에 의해 지각판이 유동적으로 움직이고 있습니다. 그리고 지구 내부의 핵은 완전히 차 있는 물체가 아니라 비어 있는 공空의 물체입니다. 에너지를 받아들여 지구 전체에 에너지를 공급하는 역할을 하고 있으며, 자체에 에너지를 보관하고 생성할 수 있는 에너지원이기도 합니다. 일반적으로 알려진 철과 니켈로 구성된 물질은 아닙니다.

아, 지구의 내부는 비어 있군요. 굉장히 놀라운 사실입니다. 조금 전 화산의 분출과 지각변동은 생명활동의 일부라고 하셨는데, 솔직히 요즘은 굉장히 과하다는 느낌을 받습니다.

당연하지요. 지금의 화산활동이나 지진은 일상적인 생명활동의 단계를 넘어섰으며, 몸의 온도가 올라가면서 더욱 빠르게 열과 오염물질들을 배출하고 정화하기 위해서 이루어지는 현상이라 할 수 있습니다. 지구인 저는 정상적인 기능보다 더욱 과도한 상태로 가고 있습니다.

과도하게 몸이 기능하고 있다는 것은 지구가 어떻게 되는 것을 말하는 지요?

인간의 몸 기능과 같지요. 어느 정도의 부담은 감당하지만 그 이상이 되면 몸은 병이 나고 결국 그런 현상이 반복되면 중병이 나는 것과 같은 이치입니다. 지금 지구는 그 상태가 과도함을 넘어 중병의 상태입니다. 그래서 감당할 수 없을 만큼의 열기와 오염의 상태를 죽을힘을 다하여 정화하고 있는 것이지요.

지진과 화산이 좀 심해진 정도로 여기기에는 지구, 저의 상태가 너무나 좋지 않습니다. 그 이상이 되면 어떻게 될지 상상이 되나요?

잇단 화산폭발과 지진이 일어난다는 말인가요?

그렇습니다. 제가 어떻게 하겠습니까? 생명체가 유지되기 위해서는 그렇게 해야 살아갈 수 있고, 그것이 숨을 쉬는 원리입니다. 100m 달리기를 하는 사람이 최고의 속도로 달리면서 평소처럼 숨 쉴 수 없듯이 지금은 최대로 숨을 쉴 수 있는 만큼 쉬어야 겨우 감당이 되는 상태인 것이지요. 숨이 차서 헉헉대는 상황 말입니다. 이 같은 원리라 고 보면 됩니다.

예, 이해가 되네요. 당신이 살기 위해서 그렇게 숨을 쉴 수밖에 없다는 말이네요.

그렇습니다. 제가 더 못 견딘다는 것은 지구의 생명체들도 그렇게 된다는 의미이기도 합니다. 제가 죽으면 다른 생명체도 다 마찬가지지요. 지구인 제가 죽으면 인간은 살 수 있을 것 같나요? 함께 죽는 것이지요. 그러니 우리는 공동운명체인 것이지요.

생명체로서의 지구

오늘도 비가 물 폭탄처럼 쏟아져 내려서, 하늘에 구멍이 났는지 살펴보려고 했지요. 이렇게 비가 많이 오는 것이 어떻게 가능한지 궁금합니다.

비를 머금고 있는 구름이나 저기압성 기운이 그렇게 가능하게 합니다. 특히 장마철에 이렇게 한 번씩 비를 쏟아 붓게 되면 인간들은 불편하겠지만, 지구의 입장에서는 자연스러운 현상이지요. 뭉쳐진 기운을 비로써 없애고 그다음에 새로운 맑은 날을 제공할 수 있으니까요. 장마 뒤에 오는 여름의 불볕더위는 그런 의미가 있는 것입니다.

날씨도 살아 있다는 느낌을 받게 됩니다. 가이아님, 생명체로서 살아가는 당신의 이야기를 더 듣고 싶습니다.

인간에게 오장육부, 호흡계, 순환계, 신경계가 있는 것처럼 당신에게도 그런 역할을 하는 부분들이 있는지요?

물론입니다. 지구의 각 대륙은 오장육부에 해당하며, 화산이나 극지방을 통해 호흡을 합니다. 또 바다와 대륙에서 대기의 순환이 이루어지고, 바닷물의 순환, 땅속의 맨틀이라는 물질도 대류로 순환하고 있습니다. 이 모든 활동과 조절을 통해 일정한 생명체로서 역할을 하고 있는 것이므로 이는 지구가 살아있다는 증거인 셈이지요.

그러면 인간처럼 기운이 흐르는 경락이나 전체 생체리듬을 조절하는 부위도 있는지요?

물론입니다. 생명체로서 기운을 조절하고 지구 전체의 리듬을 조절하는 작용은 파장을 이용해서 이루어지고 있습니다. 지구의 주파수가 바로 그런 리듬입니다.
7.8Hz가 바로 지구의 주파수입니다. 지구의 생명체들은 이 리듬의 영향 아래에서 몸의 리듬이 조절되고 있습니다. 생명체에 따라 각기 역할을 하면서 이 파장에 의해 생명활동이 조절된다고 보면 됩니다.

좀 어려운데요.

쉽게 말하면 인간끼리 언어로 소통하듯이, 지구의 모든 생명체에게는 이 파장이 소통의 언어라고 생각하면 되지요. 그리고 그것은 지구 생명체의 리듬과도 일치합니다. 파장이란 정보와 기운을 함께 가지고 있지요. 누군가의 말에 힘(기운)과 정보가 함께 실리는 것과 같은 이치입니다.

지구의 전체 조율에서 제가 하는 역할은 이 파장을 통해 조화와 균형을 맞추는 것입니다. 각 생명체가 역할을 가지고 부지런히 움직이고 있지만, 지휘자로서 통솔하고 있다고 보면 됩니다. 하지만 그 통솔 역시 지구와 자연의 규칙과 원칙에 입각한 조율입니다. 제 마음대로 자연의 법칙을 바꾸는 것은 아니지요. 아주 미세하고 섬세하며 조심스러운 부분입니다. 지구와 자연의 메커니즘을 다 알아야 가능한 일입니다.

그렇군요. 당신의 역할에 다시 한 번 놀라게 되네요. 거대한 자연과 지구에 대해 경외심과 존경의 마음이 듭니다.

뒤늦게 아침을 먹기 위해 주변의 작은 식당에 들렀다. 빗줄기에 서늘해진 몸을 따뜻한 국 한 그릇에 녹여본다. 뜨끈한 국물을 보니 어렸을 적 어머니가 차려주시던 밥상이 생각났다. 그 시절, 먹을거리가 많이 부족했어도 자연에서 많은 것을 얻을 수 있었다. 들에서 냉이를 캐어 찌개를 만들고, 쑥을 캐어 쑥떡을 만들고, 밭에서 방금 뜯은 상추를 듬성듬성 찢어 겉절이를 만들면 그 어느 밥상보다 푸짐해지곤 했었다. 지금은 그곳이 아스팔트로 뒤덮이고, 아파트가 들어서서 자연이 주는 혜택을 더는 받을 수 없다. 그리고 황사비, 산성비 때문에 주위에서 나는 나물을 이제는 마음껏 즐길 수도 없다. 어쩌면 인간은 스스로 자연이 주는 혜택을 차단했는지도 모르겠다.

밥을 먹고 나서니 거세게 내리던 비도 주춤해졌다. 쏟아지는 비로 인해 대청호의 물은 눈에 띄게 불어나 있었고, 평일인데도 구경나온 사람들이 제법 많았다. 나무둥치는 물에 잠기고 나뭇가지들은 긴 머리카락을 풀어놓은 듯 물살에 휩쓸리고 있었다. 댐의 수문에서 물이 쏟아지는 모습은 그야말로 나이아가라 폭포를 방불케 했다. 폭우로 갑자기 불어난 물과 댐에서 쏟아내는 물이 합쳐져 물살은 거칠고 빨랐다. 다리 위에서 호수 아래를 내려다보고 있는 것만으로도 어지러웠다. 댐의 위쪽으로 올라가서 보니 대청호수는 무슨 일이 있느냐는 듯 고요하다. 댐을 통해 방류하는 물만 그야말로 사납게 내려가는 것이 아닌가.

저 강한 물살에 작은 물고기건 큰 물고기건 살아남을 수 있을까? 인간이 물을 이렇게 다루는 것이 자연스러운 일인가? 걱정과 의문이 서로 교차하고 있었다.

: 대청호의 불어난 물로 나무들은 몸통이 온통
잠긴 채 빠른 물살에 가지가 흐느적거리고 있다.

대청댐에서

가이아님. 갑자기 쏟아진 비로 댐에서 엄청난 물을 방류해버려 나무들은 물에 잠기고 물살은 너무 빨라져서 보는 것만으로도 겁이 나는군요. 거센 물결 때문에 나무와 교각이 위태로워 보입니다.

바로 이런 것이 물 순환의 위험한 예입니다. 물이 불어났는데 갑자기 더 많은 물을 내려보내 급작스럽게 이동하게 되니 그 기세가 무서운 것이지요. 막혀 있던 물이다 보니 더욱 뚫고자 하는 속성을 가지게 되는 것이지요.

홍수가 나서 물이 범람하는 것도 문제이지만 이렇게 가두었던 물을 일시에 방류하면 생태계는 굉장히 혼란스러워지지요. 그 속에 사는 동식물들을 생각해 보세요. 얼마나 당황스럽고 생명의 위협을 느끼겠는지요. 자연스러운 물의 흐름이 결코 아닙니다. 위협적이고 급작스러운 물의

: 대청댐 방류는 보는 것만으로도 어지러웠다. 하물며 그 속에 있는 동식물들은 과연 안전할 수 있을까?

흐름을 일부러 만들어 내고 있는 꼴이지요.
수자원을 이용하고 보호한다는 차원으로 댐을 만들어 인간의 계산으로 물을 조절하고 통제하고자 하나 실제로 위험한 조절이 되는 경우가 많습니다.

댐 상류에 고여 있는 물과 댐 아래에서 소용돌이와 물거품을 일으키며 모든 것을 삼킬 듯이 내려가는 물, 양쪽의 모습이 너무나 상반되고 인위적이어서 이래도 되는가 하는 생각이 듭니다.

물의 속성은 흐르는 것입니다. 가두어진 물은 반드시 썩게 마련이니까요. 거대한 댐으로 물을 가두어 두면 일부의 물은 순환이 되지 않아 물밑은 썩게 되지요. 그리고 많은 쓰레기와 해결되지 않은 오염물질들이 쌓이고 쌓여서 떠다니거나 강바닥으로 가라앉게 되는데 그런 바닥의 물은 인위적인 흐름이므로 인간이 조절한다고 해서 순환이 되는 것이 아닙니다. 그렇기 때문에 댐의 물은 거대한 호수가 될지언정 강이 될 순 없습니다.

댐이 오래될수록 호수의 물처럼 고여 있게 되거나, 기운상으로 음침하고 탁한 물이 됩니다. 흐름이 막혀 있어서 그런 것이지요. 물의 순환을 막아 놓고 조절한다고는 하나, 실제로 조절되는 것이 아니라 인간의 수준에서 통제하는 정도입니다.

예전에는 지금처럼 큰 댐은 아니지만, 저수지를 만들어 농사에 물을 공급하였더군요. 소규모의 저수지도 자연생태계에 영향을 많이 미치는지요?

어느 정도의 저수지를 만들어 인간의 농사와 식수로 사용하는 것은 자연이 용인할 수 있습니다. 하지만 저수지가 크고 물이 오래 가둬져 있을수록 그 물은 좋지 않게 되지요. 큰 웅덩이를 가지고 있는 것과 같습니다. 그곳에서 나오는 기운이 좋을 수 없지요.

물은 흐르면서 끊임없이 새로워질 때 인간에게 생기를 줄 수 있습니다. 흐르는 강이나 바다를 막고 인위적으로 흐름을 바꾸는 것이 인간의 관점에서는 좋아 보일 수 있으나, 얼마 지나지 않으면 그것이 어떤 영향을 미치게 되는지 알 수 있을 것입니다.

물은 지구의 순환에 꼭 필요한 요소

현재 지구에는 많은 대형 댐●이 있습니다. 이런 것이 지구의 물 순환에 영향을 많이 미치나요?

물론입니다. 인간들은 홍수의 조절이나 수력발전을 통한 에너지 생산 등으로 댐이 이익이 된다고 하지만, 실제로 댐은 물의 큰 흐름을 막고 있어서 지구의 생태계 흐름에 큰 변화를 가져옵니다. 물이 흘러야 하는 시기와 지역에 흐르지 않으면 땅은 자연히 문제가 생기게 되고 지하수나 기후 등의 여러 가지에 영향을 미치게 됩니다. 단순히 홍수의 조절 문제가 아닙니다. 홍수가 나는 것도 이유가

● 지구에는 현재 45,000개의 대형 댐이 있다.

있기에 일어나지요. 그런 지역은 나무가 없거나 저지대로서 물에 취약한 곳입니다. 그런 것은 보완하더라도 물의 흐름 자체를 막는 것은 다른 문제입니다.

대개 큰 댐들은 수량이 많고 깊은 계곡에 세워지는 경우가 많은데, 그런 경우 댐 아래의 지역에서 물 순환의 불균형이 일어나 작은 하천의 오염이 심해지고 땅은 물의 공급이 충분하지 않게 됩니다. 대형 댐으로 물을 가두는 것이 인간에게 물을 공급하는 역할을 할 수는 있으나, 생태계의 입장에서는 아주 불완전한 형태가 되어버리는 것이지요. 인간들이 마음대로, 인간의 이기심으로 물을 통제하는 것인데, 자연의 입장에서는 그렇게 보지 않는다는 것입니다.

인간들은 '치수治水' 한다는 마음으로 바다나 강을 대합니다. 특히 인간의 역사에서 정치가들이 이 물을 다루는 것으로 자신의 권력을 보여주려는 경우가 많았습니다. 이런 것은 어떻게 보는지요?

인간의 오만입니다. 자연에 대한 겸손을 잃어버리면 인간은 자연을 정복의 대상으로 생각하게 되지요. 그리고 자신의 권력의 힘을 통해 자연을 통제하고자 하는 만용이 생기게 됩니다. 인간이 자연을 대하는 마음은 어머니를 대하는 겸손함과 어머니의 자애로움을 이해하는 마음이어야 하지요.

물은 세상을 움직이는 가장 근원적이고 중요한 물질입니다. 이 지구에 이토록 물이 많은 것도 우연이 아니며, 많은 생명체가 이 물로 살아가는 것이지요. 그런 물의 소중함을 알지 못하고 자연의 순리에 역행하는 일을 하면서 인간이 의기양양함을 펼친다면 자연은 웃을 수밖에 없습니다. 하지만 계속 그런 태도와 마음으로 자연을 대하게 된다면, 자연은 그 모습을 바꾸어 인간을 대하게 될 것입니다. 그런 물의 흐름과 원리를 알지 못하는 인간들이 안타깝습니다.

동양에서는 풍수라고 하는데 물과 함께 바람의 흐름은 지구에서 어떤 역할을 하는지요?

물과 함께 바람도 흐르는 특성이 있지요. 너무 급격하게 흐르거나, 정체되어 있으면 문제가 되지요. 공기와 물이 생존에 가장 기본이 되며 이 두 가지가 건강하게 유통된다면 이것은 땅과 사람이 모두 건강하게 살 수 있는 환경 여건이 됩니다.

바람 역시 도시에서는 높은 건물과 건물 사이에서 기운의 흐름이 급격하게 빨라지면서 좁은 곳을 통과하기에 굉장히 난폭하게 불게 되지요. 그래서 인간의 마음을 더욱 닫히게 하는 바람이 되어 겨울날이나 이른 봄에 노인들이 바람을 갑자기 맞으면 쉽게 풍이란 병에 걸려 쓰러지게 됩니다.

이 모든 것이 다름 아닌 자연의 흐름을 말합니다. 자연스러운 물과 바람의 흐름을 방해하거나 심하게 훼손하면 인간에게도 해로움을 가져오게 되지요.

어려운 풍수를 쉽게 풀어주시네요.

대도시 문명을 지탱하는 댐

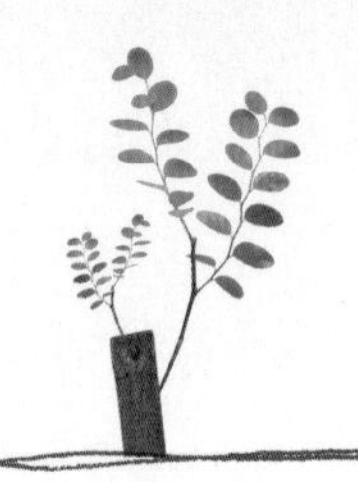

인간의 문명은 강에서 시작되었다고 합니다. 강에서 물을 공급받을 수 있었기에 인간이 모여 문명이 발달하고, 후에 도시나 국가로 발달할 수 있었습니다. 오늘날에는 댐을 통해 강의 흐름을 인위적으로 통제하여 '메트로폴리탄'이란 공룡 도시를 뒷받침하고 있습니다. 댐이 없었더라면 뉴욕, 도쿄, 서울 등의 대도시는 없었을 것이라 하는데 이런 인간의 문명에 대해 당신은 어떻게 보는지요?

대형 댐을 만드는 이유 중 하나가 대도시에 물을 공급하기 위함이지요. 그래서 거대한 댐으로 물을 가두고 그것을 정화하여 도시의 사람들에게 대량으로 공급합니다. 이런 구조로 순환되는 물이 얼마나 건강하겠는지요? 인간의 몸 중 물의 비중이 70%를 차지하는데도 자신들이 마시는 물이 어떠한 속성과 기운을 가지는지 인간들은 알지 못합니다. 댐에서 오랫동안 머물러 있다가 화학 약품으로 처리된 공장에서 나오는 것과 같은 물을 먹게 됩니다. 이것은 결코 생명수는 아니지요. 그저 인위적으로 깨끗하게 만들려고 노력한 물일 뿐입니다.

대도시의 문명은 많은 것들이 불합리하고 부자연스러운 방법으로 귀결되도록 되어 있습니다. 마시는 물마저 자연에서 멀어진 물인 거죠. 그리고 그런 물을 공급하기 위해 얼마나 많은 에너지와 시간을 들여 정수하고 소독을 하는지요.

그런 물이 인간에게 공급됩니다. 자연에서 생산되는 청정수와는 거리가 먼 것이지요. 그리고 그렇게 먹고 사용한 물은 오염수가 되어 다시 대도시의 하수를 통해 강으로 버려집니다. 정화되지 않은 다량의 물들이 아껴지지 않고 버려지는 것입니다. 물의 순환이 정말 비합리적임을 금방 알 수 있습니다.

그렇군요. '돈을 물 쓰듯 한다.'라는 말이 있는데, 저도 아까운 줄 모르고 펑펑 사용한 적이 있었습니다. 도시의 물은 좋은 물도 아니지만, 시간과 에너지를 들여 인위적으로 제공하는 물이라는 것을 새삼 알게 되었습니다.

댐에 대한 이야기를 더 해보면 댐을 만드는 또 하나의 이유는 농사를 위해서입니다. 댐에 모은 물로 물 걱정 없이 농사를 짓고자 하는 것이지요. 댐 이외의 대안은 없다고 하는 사람도 많습니다. 농업에서 댐 이외의 대안이 가능하다고 보는지요?

댐이 농업에 물을 일정량 공급하는 것은 맞습니다. 하지만 물의 양이 자연적으로 가능한 곳은 논이 되고 다소 부족한 곳은 밭이 되는 원리입니다. 하지만 지금의 관개농업은 전통적인 방식이라 볼 수는 없습니다. 쌀의 농사도 물 없이 지어지는 농법도 있고 자연생태계가 잘 보전되고 나무가 잘 자라면 농사도 자연스럽게 이루어집니다. 과도하게 수확량을 높이려는 인간의 마음이 관개농업과 비료, 화학농약을 주는 농법을 선호하고 있지만, 땅의 입장에서 보면 과도한 수탈입니다.

적당히 땅의 힘을 유지하고 땅의 원리에 따라서 농사를 지어야 하는데 매년 많은 수확량만을 기대하는 인간의 마음이 문제입니다. 자연적인 농법은 땅과의 조화, 물과의 조화를 통해 그 지역에 맞는 농법을 하는 것을 말합니다. 그리고 윤작과 같은 방법으로 땅의 힘을 길러주는 것도 중요하고요. 농사에 대해서도 인간 의식의 전환이 필요하고 생각합니다.

흡혈귀 호모사피엔스

물의 이야기가 나왔으니 지하수에 대해서도 궁금해지네요. 물이 부족한 곳이나 더 깨끗한 물을 찾기 위해 사람들은 점점 더 깊은 곳의 지하수를 퍼 올려서 사용하고 있습니다. 지하수를 다량으로 사용하는 것이 지구의 입장에서 괜찮은지요?

지하수는 다름 아닌 내부에 있는 저의 혈관과 같습니다. 과도하게 지하수를 퍼 올리면 저는 빈혈에 걸리는 것과 같습니다. 땅의 지반이 꺼지게 되고 지형이 변할 수 있으며 땅에 지속적으로 공급해야 하는 물이 중단되게 되지요. 많은 양의 지하수를 사용해서 대수층帶水層• 을 마르게 하면 그 지역은 물이 사라질 가능성이 생기게 됩니다. 인간으로 말하자면 피의 부족이 되지요. 물이 지하로 흘러들어 땅속으로 고이고, 그 물이 다시 샘이 되거나 해서 솟아나는 등 땅 내부의 순환에 의해 돌아가고 있지요. 그런 원리를 모르고 지하수를 몽땅 퍼 올려 써버리는 인간은 흡혈귀 같다는 생각이 드는군요.

가이아님. 갑자기 공포영화가 생각나네요. 지구의 흡혈귀 호모사피엔스!! 변명을 좀 하자면, 아마 그렇게 된 이유 중 하나가 전 세계적으로 수억의 인구가 물 부족으로 고통 받고 있으며, 마실 수 있는 깨끗한 물이 점점 귀해지고 있기 때문일 것입니다. 물 부족으로 사막화되는 곳이 늘어나고 식량 생산이 감소하고, 기아 인구가 증가하고 있지요. 오늘날 인류가 겪는 물 부족의 원인은 무엇인가요?

생태계의 파괴입니다. 물의 순환이 제대로 이루어지면 이렇게 극심한 가뭄이나 물의 치우침 현상이 일어나지 않습니다. 지구의 70%가 물인데, 그 물의 순환이 제대로 이루

● 땅 밑의 내부, 암석 사이에 물이 고이는 빈 공간층. 이 대수층의 지하수는 빗물에 의해 비교적 최근에 채워진 것이 있는가 하면, 사하라 사막 아래의 대수층처럼 수천 년 내지 수백만 년 전에 채워진 것도 있다고 한다. 최근 수십 년간 각 나라 사람들은 이 대수층에 있는 지하수들을 마구잡이로 퍼올려 사용해 왔으며, 기업농들은 새로운 고수확 품종 벼와 밀과 옥수수를 재배하기 위해, 공장들은 공업용수를 위해, 가난한 농민들은 그들 나름대로의 사정으로 이 물들을 퍼올려 사용했다. 그래서 전 세계적으로 대수층 고갈이 심화되고 있는 상태이다.

어지지 않기 때문에 극심한 곤란을 겪고 있는 것입니다. 그래서 생태계를 파괴하거나 물을 함부로 다루면 안 된다는 것입니다.

인간들이 자연을 제대로 이해하지 못하면서 지구에 여러 가지 일들을 벌여 놓았습니다. 그런 것들이 물의 순환에 큰 영향을 주고 있는 것입니다.
이제 물의 귀함을 곧 알게 될 것입니다. 곧 물의 부족을 체감하게 될 것이며, 물 한 바가지를 귀하게 사용하게 될 것입니다. 물의 순환이 망가지면 지구의 모든 생명체는 고통을 받을 수밖에 없지요. 그런 것이 현실로 다가오고 있습니다. 어서 현실을 직시하고 조금이라도 대처를 하세요.

그렇다면 인류가 그와 같은 물 부족을 극복하려면 어떤 노력을 해야 할까요?

물의 순환을 방해하는 구조물들을 만들지 말고 기존의 것들도 해체하는 것이 바람직합니다. 또 물의 소중함을 알고 물을 아끼고 재활용하고 물 순환을 망가뜨리는 이상기후를 만들지 않도록 노력해야 합니다. 지구 온난화로 인해 물의 비정상적인 작동이 이미 시작되었지요. 인간들이 만들어내는 모든 화학적 약품이나 오염물질들도 물의 순환을 방해합니다. 물의 속성은 흐르고 맑고 유연하고 싶어 합니다. 이런 물의 속성을 이해해서 물의 순환이 잘되도록 해주세요.

가이아님, 바다와 댐을 보고 당신과 대화를 하며, 지구의 물의 상황을 잘 알게 되었습니다. 물의 순환이 얼마나 중요한지도요. 물 이야기 감사합니다.

얼마 전 TV에서 아프리카 물 부족을 다룬 다큐를 보았다. 동물들이 오줌과 똥을 싸서 기생충과 세균이 득실득실한 물. 하지만 그 물이 더럽고 위험하다는 것을 알면서도 마실 수밖에 없는 아이들. 그 더러운 물을 마신 대가로 기생충에 감염되어 죽어가는 아이들을 보며 너무 안타까웠다. 이것도 지구 전체적으로 보면 물이 잘 순환되지 않아서 일어나는 일일 것이다.

수세식 양변기 버튼을 한 번 누를 때마다 11리터의 물이 쓰인다고 한다. 기껏해야 한 컵 정도 되는 오줌의 양을 버리기 위해 우리는 매번 11리터의 물을 낭비하는 것이다. 지구 한편에서는 한 컵의 물이 부족해 고통 받으며 죽어가고 있고, 반대편의 누군가는 물을 펑펑 쓰면서 과소비해도 아무도 그 행위에 대해서 죄책감을 가지거나 따져 묻지 않는다. 당장 내 아픔이 아니면, 인간들은 무관심하다. 하지만 사람들은 알지 못한다. 그런 무관심이 지구를 얼마나 힘들게 하고 괴롭히고 있는지….

해마다 비 피해도 늘어가고 가뭄도 늘어간다. 가이아님의 말처럼 물의 비정상적인 작동이 이미 시작된 것 같다. 아마 사람들은 모든 것을 잃고 난 후 뒤늦은 후회를 하게 될 것이다.

그리고 나도 후회하게 될 것이다. 좀 더 빨리 사람들에게 이 사실을 알려주지 못한 것을….
이런 생각을 하니 마음이 조급해진다. 발걸음을 재촉해본다. 그리고 기원한다.

'가이아님, 부디 시간을 좀 더 주십시오. 사람들이 깨어날 수 있도록…. 그리고 부디 저에게 힘을 주십시오. 사람들을 깨울 수 있도록, 부디….'

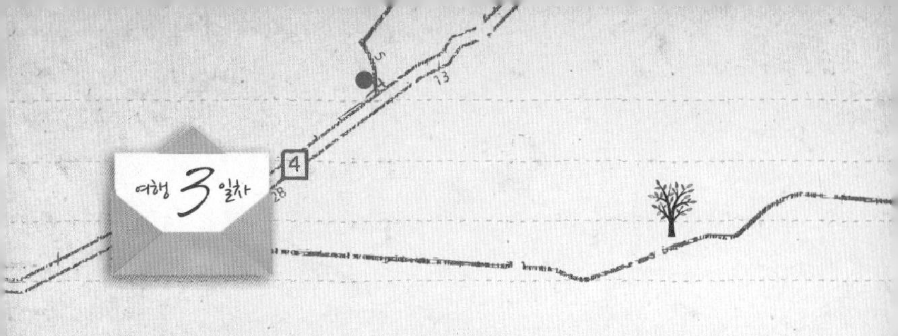

회인천 숲길에서-

지구가족의 이름으로

3일째에 한적한 숲길을 만났다. 어제까지 비가 많이 내려서 숲길의 식물들은 수분을 잔뜩 머금고 싱싱함을 뽐내고 있었다. 마치 목욕을 금방 마치고 나온 귀여운 아이처럼 그 모습만으로도 나에게 생기를 불어넣어 주는 것 같다. 바람도 시원하다. 구름이 약간 드리운 바람 부는 이런 날씨가 걷기엔 딱 좋았다.

숲길을 걸으면서 예기치 않게 많은 동물과 곤충을 만났다. 겉으로 보기엔 평범한 숲이지만 그 안에 다양한 생명이 숨 쉬고 있음을 다시 한 번 깨닫는다. 길 위에서 만난 큰 달팽이는 무거워 보이는 집을 얹은 채로 몸을 한껏 내밀어 길 한가운데를 기어가고 있었다. 그냥 내버려두면 위험할 듯해 옮겨주려고 손바닥에 놓으니 닿는 촉감이 미끌미끌, 간질간질하다.
'안녕! 저기 풀숲까지 너를 옮겨줄게.' 달팽이에게 작은 소리로 인사를 건넸다. 달팽이도 내 호의를 아는지 몸을 쭉 뻗는 움직임을 멈추지 않았다. 무심코 지나칠 수도 있었는데 작은 관심은 서로를 알아가는 기쁨을 맛보게 해주는 것 같다.

달팽이를 숲에 놓아주고 잘 가는지 지켜보았다. 천천히 자신의 집을 이고서 움직이는 달팽이를 보니 큰 집을 이고 사는 도시인들이 생각났다. 달팽이야 자기 몸 하나 들어가는 작은 집이지만, 인간들은 자신의 몸보다 몇 배나 큰 집을 이고 살지 않는가? 집 대출금 갚는 것이 마치 사명인 양. 더 큰 집이 더 큰 행복을 가져다주지 않는다는 사실을 알면서도 사람들은 큰집을 원하곤 한다. 정작 사람에게 필요한 집의 크기는 2.5평이라고 들은 적이 있다. 인간들이 작은 집에 살면 그만큼 자연을 훼손하는 일도 적어질 것이고 자연과 공존하는 방법을 터득할 수 있을 텐데….

: 길 위의 달팽이가 행여나 밟힐까봐 숲으로 옮겨주었다. 달팽이의 감촉이 손바닥 위로 생생하게 전달되었다. 때로는 백 마디 말보다 느낌이 더 빠르고 정확하다.

숲길을 천천히 걸어가고 있는데 갑자기 숲 속에서 무언가가 불쑥 뛰쳐나온다. 고라니이다. 인간을 보자 잽싸게 도망가는 폼이 좀 놀란 모양이다. 좀 더 조용히 걸어갈 것을…. 가만가만 걸으며 찬찬히 풀 속을 살피니 사마귀, 귀뚜라미, 무당벌레, 그리고 꿀벌과 온갖 색깔의 나비들이 살아 움직이고 있는 것이 아닌가. 어느새 나는 그들이 살아가고 있는 숲 속에 조심스럽고 조용한 방문자가 되어 있었다.

지구는 생명체의 박람회장

가이아님, 안녕하세요? 당신을 느껴봅니다.

땅속은 뜨겁고 바다는 차가우며 바람은 시원하고 숲에는 온갖 동식물들이 살고 있으며 지구에는 많은 생명체의 다양한 종들이 있군요. 온갖 것들이 공존하는 지구입니다. 가이아님, 제가 지구가 된 느낌이 드네요.

> 제가 의미하는 것을 당신의 몸으로 느껴보니 어떤가요? 저를 몸으로 느끼고 표현하는 것이 교감에 많은 도움이 되지요.

그렇습니다. 당신과 교감할 수 있게 해주셔서 감사합니다. 오늘은 오솔길을 걸으면서 많은 지구가족들을 만났습니다. 동물들, 곤충들과 수많은 이름 모를 풀들과 꽃들이 한데 어우러져 있었습니다.

예, 조금만 관심을 두면 많은 지구가족들을 만날 수 있지요. 그들과의 만남에서 어떤 마음이 생겼나요?

이렇게 많은 생물이 사는 지구는 생명체의 박람회장 같다는 생각이 들면서 작은 곤충이나 식물까지 새롭게 다가왔습니다. 길 가운데서 만난 커다란 달팽이는 천천히 이동하고 있어서 길 넘어 숲으로 데려다 주었습니다. 밟힐까봐 걱정이 되었거든요.

그것이 바로 가족 사랑입니다. 지구라는 공간 안에서 함께 살면서 가족 구성원 간에 서로의 행복과 평안을 함께 도모할 수 있어야 하지요. 인간만이 자연을 파괴하고 남획하며, 다른 가족들에게 폭력을 행사하는 것은 가족으로서의 자격이 없는 것이지요.

작은 생명체가 소중하게 다가올 때 지구라는 거대한 행성을 이해할 수 있을 것입니다. 지구라는 거대한 별에서 작은 박테리아까지 모두 함께 하는 것이지 누가 더 중요하지도 누가 덜 중요하지도 않습니다. 각기 다 중요한 존재입니다.

지구에 이렇게 다양한 생명체가 살게 된 이유가 있는지요?

지구의 역할입니다. 지구는 다양한 생명체들이 내는 다양한 파장과 여러 가지 경험을 통해 많은 진화를 이룰 수 있는 곳이니까요. 지구는 진화의 사이클이 빠른 별로서 다양한 종과 생명체들이 내는 갈등과 또 조화를 향한 움직임 때문에 급속도로 진화할 수 있는 곳이지요.

만일 몇 종류의 생명체들만 있다고 가정해보세요. 그 관계 속에서 일어날 수 있는 변수가 많지 않아서 밋밋한 흐름으로 갈 가능성이 많지요. 하지만 여러 생명체의 복잡한 관계와 지구의 메커니즘에 의해 서로가 영향을 주고받으며 빠르게 변화하고 발전할 수 있게 되어 있습니다. 각 동물과 식물이 모두 우주라고 볼 때 지구에는 너무나 많은 우주의 현상과 관계들이 존재하는 것이지요.

그것이 지구가 아름다운 이유이며, 이곳에서 잘 살 수 있고 진화의 방향으로 나아갈 수 있다면 진화의 속도는 매우 빠를 수 있습니다.

지구가 아름다운 별이라는 것을 체감하게 됩니다. 지구라는 별에서 생명체는 복잡한 관계 속에 처하면서 진화할 수 있는 권리가 특혜로 주어지는

것이군요.

그렇습니다. 하지만 그 진화를 향해 나아가는 것 역시 쉽지는 않지요. 인간의 경우를 보더라도 한 삶에서 진화를 하기보다 몸과 물질과 현상에 매여서 삶의 대부분을 보내게 되지요. 한 생에서 얼마나 진화할 수 있는가는 생각보다 쉽지는 않습니다. 부단한 노력과 깨어 있음이 필요하지요.

생명체의 탄생과 지구 역사

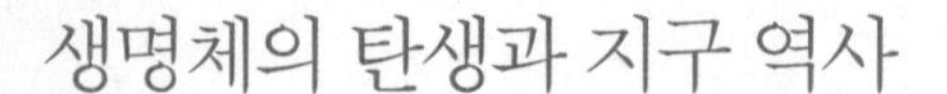

숲길을 지나서 구불구불한 하천 길을 걷게 되었는데, 하천 옆에 커다란 바위 하나가 눈에 띄었어요. 하천과 함께 오랜 세월 그 자리에 있으면서 오가는 많은 존재를 바라보며 있었겠지요?

바위를 한번 느껴보세요. 그 단단하고 견고한 느낌이 바로 제가 지나온 시간을 말하고 있지요. 바위나 암석 같은 광물들의 느낌은 식물, 동물과는 무릇 다르지만, 지구의 많은 부분을 차지하고 있는 지구의 가족입니다.

광물들을 느껴보면 저를 또 알게 되지요. 변하지 않을 것 같은 광물도 날마다 모습을 바꾸어가는 것입니다. 지구에 변하지 않는 것은 아무것도 없으니까요. 바람과 물의 작용으로, 햇볕의 작용으로, 빙하의 작용으로 바위나 암석도 깎이며 그들에게 곁을 내어줍니다.

가이아님, 지구의 생명체는 어떻게 탄생되었나요? 창조론은 우주 만물이 신적 존재에 의해 만들어졌다고 주장합니다. 인간도 당연히 신의 창조물이라고 생각하고요. 반대로 진화론은 태초의 미생물로부터 진화하고 또 진화한 끝에 오늘날과 같은 생명체가 형성되었다고 주장합니다. 지구의 생명체들은 어떻게 탄생되었나요?

모든 생명체는 창조에 의해 만들어졌습니다. 어느 날 우연히 개체변이 때문에 고등생물까지 변화한 것은 아닙니다. 각 개체가 가진 유전자 정보에 의해 역할이 주어지며 각기 역할을 하도록 만들어진 존재입니다.
하지만 각 생명체는 진화하는 단계를 거치게 되지요. 그것은 종이 많이 변한다기보다는 종의 성숙이나 분화 정도로 생각하면 되지요. 또한, 환경에 적응하기 위해 변하기도 하고, 오랜 시간 동안 변화를 거치다 보면 유전자에 변이가 일어나게 되고 변화된 모습이나 형질을 가지게 됩니다. 그래서 큰 테두리에서 모든 생물체는 창조되었으며, 각기 일정 부분 진화를 할 수 있는 영역이 주어져 있다고 할 수 있습니다.

인간이 지구에 나타나기 전까지 지구는 어떠했는지요?

지구에 인간이 이렇게까지 많이 번식하여 존재했던 적은 없었습니다. 몇 몇 인간 종이 출현하여 문명이 번성하다가 인간들끼리의 충돌에 의해 자멸한 때도 있었으며, 인간이라는 생명체가 없었던 시기에는 공룡이나 거대한 동물들이 지구를 차지한 때도 있었지요.

또 빙하기처럼 추운 기간이 주기적으로 반복되기도 하였습니다. 지구는 역사상으로 변화가 무궁무진하여 한마디로 말씀드릴 수가 없습니다. 인간은 다른 생명체들과는 달리 스스로 문명을 일구기도 하지만, 자멸하는 경우가 있다는 것이 다른 생명체들과 다른 점입니다.

지구가 여러 차례의 빙하기를 겪었는데 빙하기는 지구에 어떤 의미인지요?

빙하기란 일종의 휴식기 같은 시기가 됩니다. 생물체가 거의 살 수 없는 환경으로 바뀌는데 동물이나 식물로 치자면 동면을 하는 시기입니다. 그리고 그런 빙하기를 통해 지구는 재충전하며 다음 시기에 생명체들이 탄생하고 성장을 하도록 환경적 여건을 준비하는 시기로서 한동안 호흡을 고르는 시기와 같습니다.

인간의 시간으로 보면 굉장히 긴 시간이지만, 우주와 별의 차원에서 보면 변화하고 성장하는 과정입니다. 별로서의 지구는 지금 중요한 성장 과정에 있으며, 반복된 빙하기의 시기들은 지구가 어린 시절에 다양한 변화를 거친 것이라 보면 되지요. 아마 지구 역사상 지금처럼 바쁘고 고단한 시기는 없었던 것 같습니다.

그 고단함과 바쁨의 이유를 물어봐도 될지요?

지구의 환경 변화가 가속화되고 있기에 균형과 조화를 맞추기 위해 많은 노력을 필요로 하기 때문입니다. 지구의 상태를 유지하기 위해 애를 쓰고 있는 것이지요.

그렇군요. 이 중요한 변화의 시기를 함께 잘 넘겼으면 좋겠습니다.

마을을 지나다 보니 큰 축사에 소 한 마리가 보였다. 아마도 구제역이 휩쓸고 간 듯했다. 지난겨울 온 나라를 떠들썩하게 했던 구제역으로 엄청난 돼지와 가축들이 살아 있는 채로 매장 당하지 않았던가? 살아 있는 생명체를 가혹하게 다루는 모습이 가슴 아팠다. 이 작은 마을에까지 구제역이 몰아닥친 것을 보면, 얼마나 많은 동물이 학대를 받으며 죽어갔을지…. 커다란 축사에 혼자 남겨져 있는 소의 눈이 더 측은해 보였다.

: 구제역이 휩쓸고 간 축사에는 소 한마리가 외롭게 있었다.

그때 차 한 대가 마을로 들어서더니 크게 확성기를 틀어놓는다. '개나 염소 삽니다. 개 팔아요.' 개장수였다. 차 뒤 켠 작은 철장 속에 몇 마리의 개들이 이미 갇혀 있었다. 확성기 소리에 갑자기 동네의 개들이 짖어대기 시작했다. 그 짖어대는 소리에 긴박감 같은 것이 묻어나왔다. 저렇게 스트레스와 공포로 찌든 개들을 음식으로 만들어 먹는 것이 인간들에게 과연 보양식이 될지 의문이다.

숲에서 만난 자연 그대로의 동물과 곤충들, 구제역이 휩쓸고 간 축사를 외롭게 지키는 소, 차 안에 갇혀 팔려가는 애처로운 눈빛의 개들, 지구의 한가족인 그들의 평화로움과 아픔이 명암처럼 교차되어 마음에 들어왔다.

생존과 공존의 두 사이클

동물이나 식물들의 진화는 어떻게 되나요? 인간처럼 자유의지가 많지 않은데, 그냥 한 생이 끝나면 저절로 진화하는 것인가요?

동식물들의 진화의 법칙은 단순합니다. 무엇보다 자신에게 주어진 역할을 잘 해내는 것이 중요합니다. 식물의 경우, 잘 자라서 번식하여 누군가의 먹을거리가 되기도 하고, 향과 꽃을 제공하는 것으로서 역할을 하기도 하지요. 동물은 식물과 비슷하지만 움직임을 통한 선택적 의지는 주어지는 것이므로 좀 더 의지가 있다고 볼 수 있습니다.

그러면 인간들이 자연환경을 인위적으로 파괴하여 많은 생명체가 사라지는 것, 즉 동식물들이 예상하지도 못한 채 갑작스럽게 죽음을 맞이하는 것은 어떤 영향을 미치게 되나요?

인간들에게 업이 됩니다. 생명체는 목숨입니다. 그들도 자연스럽게 살다가 자연스럽게 죽고 싶은 것이 본능이지요. 그런데 인간의 욕심에 의해 아랑곳하지 않고 많은 생명체를 죽이거나 그들의 자연적 사이클을 흩트려 놓는 것은 서로의 관계에 악연이 됩니다. 예를 들어 당신의 가족을 어떤 사람이 자신의 이익을 취하는 것 때문에 죽였다고 생각해 보세요. 어떤 기분이 들겠는지요?

자연적 먹이사슬이나 생존을 위한 사이클에서 다른 생명체를 취하는 것은 크게 영향은 없으나, 인위적으로 자연을 파괴하는 것은 다른 경우라 할 수 있습니다. 죽어가는 생명체의 분노와 원망들이 쌓이게 됩니다.

그래서 4대강 개발이나 갯벌을 없앤 방조제 같은 것을 보면 가슴이 아프고 몸의 기운이 막히는 것이 느껴지는군요. 죽어가는 동식물들의 감정들이나 기운들이 전해져 와서 그렇게 되는 것이군요.

동식물뿐 아니라 자연 그 자체도 살아 있기 때문에 그 흐름을 끊어 놓거나 많이 훼손하게 되면 인간에게 그런 좋지 않은 기운을 돌려주는 것입니다. 서로의 관계에서 기운의 흐름이 그런 방식으로 작용하게 됩니다.

이제 이해가 됩니다. 생명체 서로 간에 생존과 공존의 두 사이클이 조화롭게 돌아가야 하네요.

그렇습니다. 그래서 인간의 욕심과 무지는 자연과 지구에 굉장히 해가 됩니다. 그런 마음을 바꾸지 않으면 인간은 스스로 자멸하게 됩니다. 지구와 다른 생명체들을 죽이면서 어떻게 인간만 멀쩡하고 행복하기를 바라나요?

모두가 서로 존중해야 하는 이유를 알겠습니다. 오늘 마을을 지나면서 개를 사러 다니는 개장수는 만났는데, 차 뒤에 실려 있는 개들의 원망을 개장수는 알고 있는지 모르겠군요….

가이아의 사랑

가이아님, 어미의 사랑을 보여주는 동물들도 만났습니다. 송아지에게 젖을 먹이고 있는 어미 소, 가게 처마 밑에서 새끼 제비에게 먹이를 물어다 주는 어미 제비를 보았지요. 새끼를 위해 헌신하는 어미의 모성이 참으로 아름답더군요. 가이아님이 지구의 생명체를 바라보는 마음은 어떠한지요?

제가 지구의 모든 생명체를 사랑하는 마음 역시 그와 비슷합니다. 지구 전체 메커니즘의 조화를 위해 생명체의 개체 수나 대기의 순환, 여러 조절작용을 위해 생명체들을 조절, 통제하기는 하지만 사랑으로 그들을 보고 있지요. 생명체를 조절하고 성장시키며 자연으로 돌아가는 시스템에 사랑이 빠진다면 가장 부자연스럽고 또 위험하기도 합니다.

사랑은 만물을 성장하게 하며 만물이 본래의 역할을 하게 하는 원동력이지요. 지구 가이아의 사랑은 지구의 모든 생명체에 대한 사랑이자 그들에 대한 본질적인 관심입니다.

인간과 동물의 모성은 본능적이어서 자기 자식만을 위한다거나 지나치게 집착하기도 합니다. 가이아님의 사랑은 어떠한지요?

저의 사랑은 지구의 모든 생명체에게 평등합니다. 여러 명의 자식을 둔 어머니와 같은 심정이라고나 할까요. 어느 자식이 더 소중하다고 말할 수는 없지요. 각기 역할이 다를 뿐입니다. 다만, 인간처럼 지나치게 애를 먹이고 있으면 제가 화가 나거나 가슴이 아프기도 합니다. 부모의 심정을 모르는 자식 같다고나 할까요.

가장 애를 먹이는 자식이 인간이군요. 죄송합니다. 아무래도 인간들은 지구의 생명체 중에서 왕따가 될 듯해요. 그런데 그 왕따인 인간의 수가 너무 많아 지구의 분위기와 흐름을 주도하고 있으니 어쩌지요?

맞습니다. 그래서 지구가 이렇게 되었습니다. 어디 동네의 뒷골목에서 주먹 좀 쓰면서 노는 아이들 같지요. 하지만 그 애들은 철이 없어 앞으로 무슨 일이 일어날지도 모르면서 계속 까불고 있다면 적절할까요?

그 아이들을 좀 혼내주고 싶은 심정인가요?

어떻게 알았어요? 동네 사람들을 너무 괴롭히고 동네 분위기를 망치니 한번 된통 혼내주고 싶지요. 그래야 정신을 좀 차릴 듯 말 듯해서요.

지구의 철없는 아이들을 어떻게 하려 하시는지요?

일단 좋은 말로 해야지요. 그리고 안 되면 몇 번의 실례를 보여주면서 진정한 힘이 무엇인지 보여줄 수도 있지요.

좋 · 은 · 말 · 이요?

지금 지구가 위험하니 제발 그런 방식으로 그만 살아라, 이렇게 살면 너는 천벌을 받을 수도 있다, 이런 이야기를 해주는 것이지요. 하지만 많은 사람이 못 알아들을 가능성이 있지요.

그런 경우에는 자연적인 재해를 통해 경험하게 합니다. 사람들은 자기가 겪을 때까지는 모든 것이 남의 일인 경우가 대다수거든요. 지금처럼 인간의 마음에 벽과 껍질이 두꺼운 상태라면 그냥 말만으로 통하기는 어려워 보입니다. 그 강한 껍질을 깨뜨릴 수 있는 강한 충격이 필요하지요. 그래서 재해가 꼭 나쁘지만은 않습니다. 고통이나 어려움을 통해 느끼도록 하고 자신을 돌아보게 하는 원리이니까요. 강한 충격을 주는 것도 사랑의 한 방법이라는 것을 알아주었으면 합니다.

가이아님, 당신의 사랑은 아이들이 크게 잘못을 하면 호되게 꾸짖어 주는 어머니의 사랑과 다르지 않군요.

가이아 이론

지구가 살아 있는 생명체라고 주장하며 당신을 가이아라 부르는 과학자가 있습니다. 하지만 그 과학자도 당신을 살아 있는 의식체로는 생각지 못한 듯합니다. 당신은 살아 있는 생명체로서 실제 인간처럼 여러 가지 조절 작용을 하고 있나요?

물론입니다. 제가 하는 역할은 일정한 환경과 조건에서 생명체들이 살기에 좋은 여건을 제공하는 것입니다. 이런 여건은 모든 생명체가 함께 만들어가는 과정이지요.

그중에서 눈에 보이지 않는 생물, 미생물들에 의해 조절이 이루어지는 경우가 대부분입니다. 암석이나 해저의 깊은 곳 심지어 대기 중에도 이런 미생물들이나 박테리아 등의 역할에 의해 대기와 구름이 조절되지요. 바다에서 많은 오염물질을 정화하고 맑은 물과 공기나 산소를 제공하는 역할도 미생물들의 역할입니다.

아마 지구에 이런 보이지 않는 미생물들의 역할이 없었다면, 지구는 이미 오래전에 쓰레기장이 되었거나 독성물질이 넘치거나 한두 가지의 물질만이 남아 생명체들이 살 수 없는 곳이 되었을 것입니다.

오, 놀랍습니다. 눈에 보이지 않는 미생물이 인간이 만들어낸 쓰레기와 독성물질을 정화한다고요?

예. 지구는 미생물들과 식물, 동물, 광물, 인간의 합동작전에 의해 균형과 조화로운 여건들이 만들어지고 있습니다. 이 섬세한 지구의 메커니즘은 하나하나 알고 들어가 보면 놀라울 것입니다.

인간들의 사고의 틀은 한쪽으로 치우쳐져 있는 경우가 대다수입니다. 미생물이나 세균, 박테리아 등이 해롭거나 아주 열등한 생명체로 생각할 수 있지만, 이런 미생물들의 역할 덕분에 지구가 아주 빠르고 쉽게 일정한 온도와 상태를 유지할 수 있는 것입니다. 지구의 모든 생명체가 각기 하는 역할이 다르지만, 그 미세한 조정 작용을 알지 못하는 것이 인간들의 현재 과학 수준입니다.

지구 태초 환경이 생명체들이 살 수 없는 여건이었는데, 미생물에 의해 변화하면서 지금처럼 생명체들이 살 수 있는 별이 되었다고 하더군요. 실제로 그런 역할을 미생물이 하였는지요?

지구의 환경조성에 미생물들이 역할을 한 것이 맞습니다. 대기의 조절, 염분농도의 조절, 산 · 알칼리 농도의 조절 등 미생물에 의한 조절 작용으로 인간과 다른 생명체들이 지구라는 환경에 살 수 있는 여건이 조성되었습니다. 생명체의 활동에 필요한 산소 등 대기의 조절 없이는 생명체들이 살아갈 수가 없었겠지요. 이산화탄소를 흡수하고 산소를 생성하여 생명체들이 숨을 쉬는 것이 가능하도록 만든 것입니다.

이러한 미생물이 없다면 생명체들은 전혀 살 수가 없지요?

미생물의 도움 없이는 인간을 비롯한 모든 생명체는 살 수가 없지요. 조절 작용, 분해 작용, 효소적 생화학적 작용에 의해 이렇게 건강하게 살 수 있는 것입니다. 미생물의 역할이자 생명체끼리 서로 공존하는 방법이지요.

당신의 이야기를 들으니 이렇게 오랫동안 지구의 한 가족으로 지내면서 보이지 않는 곳에서 충실히 역할을 해왔던 미생물들에게 감사한 마음이 드네요.

예, 지구의 많은 가족은 이렇게 함께 살아가고 있습니다. 인간만이 노력하는 것이 아니라 모두 노력하고 있는 것이지요.

지구, 오케스트라의 지휘자

살기 좋은 지구를 만들기 위해 지구의 생명체들이 조화로운 화음을 만들어내는 오케스트라 단원들처럼 느껴지는데, 그 지휘자는 당신일 것 같습니다. 지구 오케스트라의 지휘자로서 당신은 지구의 생명체들과 어떻게 교감하고 조화로운 화음을 이루어 내는지요?

지구의 모든 생명체는 각기 고유의 역할을 부여받고 있으며 본래 탄생 때부터 DNA 속에 그 역할이 각인되어 있습니다. 그래서 각기 자신의 역할을 하되 그 환경의 변화나 주변적 상황에 맞추어가면서 변화하는 속성도 더불어 가지고 있습니다. 그래서 DNA에 의해 주어진 역할과 함께 환경적인 변이에 순응하는 방법을 동시에 하면서 각기 진화를 향해 나아가고 있습니다.

저의 역할은 지구의 모든 생물, 무생물의 조화와 조절을 담당하며 소통을 하는 것인데 그리 큰 어려움은 없습니다. 각기 생명체가 역할을 하고 있기에 보고 있는 것이며, 각자의 의지와 본성대로 하는 것에 더욱 힘을 실어주는 것입니다.

하지만 자연적인 메커니즘은 돌아가는 순리가 있기 때문에 제가 조정한다기보다 그 모든 것들의 조화와 균형에 의해 조절이 되지요. 제 마음대로 이렇게 저렇게 조절할 수 있는 것은 아닙니다. 각각의 생명체와 무생물조차도 자신 고유의 역할에 의해 움직이기 때문입니다. 지구인 제가 할 수 있는 것이 지휘자의 역할이지만 그 대상을 함부로 조절할 수는 없다는 의미입니다.

자연계와 생태계의 구성은 단순하지도 않기에 쉽게 한두 가지의 요소로 변화하게 하거나 치우치게 작용을 하게 되면 다른 요소나 다른 곳에서 다시 문제가 발생하게 됩니다. 그만큼 정교하고 섬세하게 작동됩니다.

반면에 각 생명체는 순응력과 조절 능력을 스스로 내포하고 있으므로 주변의 변화와 변칙을 받아들이기도 합니다. 자연과 지구의 상태를 깊이 이해하기는 쉽지 않지만,

자연을 자연스럽게 받아들이고 그런 방식으로 생활하다 보면 체득하게 되는 것이 더 이해하기 쉬운 방법입니다. 말로 다 설명하기가 쉽지 않군요.

지구의 조용한 주인, 미생물

가이아님이 바라볼 때 미생물은 지구가족으로 어떤 존재인지요?

미생물은 지구의 조용한 주인입니다. 지금처럼 인간이 어지럽혀 놓은 생태계를 미생물들이 해결하는 것인데, 지나치게 균형을 깨어놓은 경우, 미생물이 활동해도 생태계의 모든 것이 복원되는 것은 아니지요. 미생물은 열심히 활동하면서 세력을 확장해 가는 것이지요.

그렇군요. 그런 보이지 않는 곳에서 중요한 역할을 하는 미생물의 예를 한 가지 들려주실 수 있는지요?

흙의 예를 들어봅시다. 흙을 정화하는 데 지렁이가 큰 역할을 한다는 것은 잘 알고 있지요. 지렁이 이외에도 많은 미생물이 흙을 살리기 위해 역할을 합니다. 흙 속에 있는 오염된 물질들을 제거하는 것이 누구일 것 같습니까?
인간이 사용하는 많은 농약과 비료, 또 여러 가지 화학폐기물 등, 수많은 오염된 것들이 땅속에 묻히고 있습니다. 흙 속의 박테리아와 세균들이 지렁이와 함께 분해 작용을 하는 것입니다. 동식물들이 배설하는 물질을 세균들이 함께 처리하면서 흙을 원래의 상태로 돌리기 위해 애쓰고 있습니다.
하지만 사람들은 지렁이의 역할은 알지만 이런 미생물들의 공은 치하하지 않습니다. 지렁이가 하는 역할보다 미생물이 하는 역할이 훨씬 크고 또 숫자상으로도 엄청나게 많습니다.

흙은 바다와 함께 인간과 모든 생명체의 근본이 되는 물질이자 터전입니다. 그런 흙에 인간은 끊임없이 오염된 것들을 버리면서 흙은 언제나 깨끗하고 식물이 잘 자라기를 바라지요. 그런 흙을 오염되지 않는 원래의 상태로 돌리려고 애쓰는 것이 바로 미생물들입니다. 지구의 역사가 시작되고 지구를 함께 지켜 온 것은 바로 다름 아닌 미생물들입니다. 가장 오래된 지구의 주인이자 해결사로서 역할을 하는 것이지요.

미생물 중에는 고온, 고압, 극단적 산과 알칼리에서 생존하는 미생물도 있으며, 방사능에서도 견디는 미생물, 분해할 수 있는 플라스틱을 만드는 미생물, 석유를 분해하는 미생물, 철을 먹는 미생물 등 다양한 역할을 하는 것들이 발견되고 있는데 인간들이 현재의 과학으로 알고 있는 미생물은 어느 정도인지요?

아주 미미한 정도입니다. 인간의 과학으로 알고 있는 미생물이 전체 미생물의 비율로 따지자면 빙산의 일각 정도라 보면 됩니다. 지금 하나씩 알아내고 있는 정도이며 미생물 전체의 수와 역할은 방대하며 인간이 생각하는 이상입니다. 지구 메커니즘에 중요한 역할을 이 미생물이 하고 있다고 보면 됩니다.

혹시 환경 파괴로 일어나는 지구의 기상이변을 조절하는 것도 미생물을 이용해서 가능하지 않을까요?

지금의 과학수준으로 활용할 수 있는 부분이 많지 않습니다. 그렇다고 자연이 모든 것을 인간이 원하는 방식으로 조절하는 것은 아닙니다. 인간의 과학이 지혜로운 수준이 되고, 지구의 메커니즘을 이해하는 수준이 되어야 가능합니다.

앞으로 미래에는 미생물의 활용으로 환경의 조절이나 지구 환경을 해치지 않고 물품을 생산하는 것이 가능할 것 같다는 생각이 드는데, 지구 전체를 조율하는 당신의 측면에서 보면 바람직한지요?

독성의 오염물질들을 더는 만들어 내지 않고 미생물들을 이용해서 지구 환경에 도움을 받는 것은 좋은 방법입니다. 다만, 어떤 의도로 그렇게 하는지가 중요합니다. 미생물은 때로는 위험한 무기가 될 수도 있고 가장 치명적인 전염병의 원인이 될 수도 있기 때문입니다.
미생물은 굉장히 급속도로 빠르게 번식하며, 전염성이 강한 경우도 많고, 또한 극한의 상황에서 해결사의 역할을 하는 예도 있습니다. 이런 미생물을 바른 의도와 마음으로 활용하지 않으면 미생물 그 자체도 해가 되지만, 미생물도 한 생명체로서 진화하는 존재인데 좋은 결과가 나올 수 없지요. 그래서 생명체 간에 어떻게 관계를 맺을 것인가 또한 중요한 것이지요. 공존과 공생의 관계로서 역할을 한다면 바람직한 것입니다.

가이아님의 말씀을 듣고 보니 작은 미생물에 대한 당신의 사랑을 알게 됩니다. 지구의 생물, 무생물을 동등하게 여기고, 존재 자체를 존중하고 귀하게 여기는 것이 사랑의 마음이라는 것을 배우게 되네요.

모든 가족을 사랑한다면 그런 대우를 하는 것이 마땅합니다. 누가 더 소중하고 누가 더 큰 역할을 하는 것이 아니라, 함께 존재하며 각자의 역할을 하는 것이지요.

미생물이 작다고 해서 인간보다 못하다고 생각하면 안 되지요. 지구의 오랜 구성원으로서 저와 함께 오랜 시간을 보낸 가족입니다. 저에게 그들에 대한 사랑이 있음은 당연하고요.

얼마나 자신의 역할을 묵묵히 잘 해주고 있는지 인간들은 모를 것입니다. 당신이 쉬고 잠든 사이에도 그들은 부지런히 움직여서 우리를 살게 해주는 존재들입니다. 고마운 존재이지요.

그렇군요. 미생물과의 동거를 기쁘게 생각하면서 그들에게 지구를 잘 부탁드리고 싶습니다.

그렇게 해보세요. 그들의 역할이 얼마나 큰지 알게 되었으니까요.

가이아님이 알려준 미생물에 대한 이야기는 감동적이었다. 만약 미생물과 동거 중 어느 날 미생물이 '나 인간과 같이 살기 싫어. 나 떠날래!' 하게 되면 어떻게 될까? 아마 내가 좋아하는 청국장과 김치와 같은 발효식품도 먹지 못할 것이고, 인간들에 의해서 땅은 더 오염되고, 지구는 더욱 지저분해질 것이다. 아마 바다에서 나는 식량도 전혀 먹지 못할 것이며 인간은 생존에 위협을 받을 것이고…. 상상만 해도 끔찍한 현실이 펼쳐진다.

미생물이 하는 역할에 대해 자료를 찾아보았다. 미생물은 지구의 모든 생명체 무게의 60%를 차지한다고 한다. 미생물 한 개체의 무게가 개미 한 마리의 무게의 1/1,000인 것을 고려하면 그 수가 실로 엄청난 것이다. 또한, 미생물은 모든 생명체의 내부와 외부에 살면서 생명체들을 조절해주는 역할을 하는데, 인간은 60조 개 세포 가운데 큰창자 1g 안에 미생물만도 약 120~150억 마리가 있다고 하니 사람의 입안, 피부, 창자, 음식물, 공기, 물 등 인간의 내외부, 지구의 모든 곳에 존재한다는 것이다. 미생물의 역할과 존재를 새로이 알게 된 것이 하나의 경이로 다가왔다.

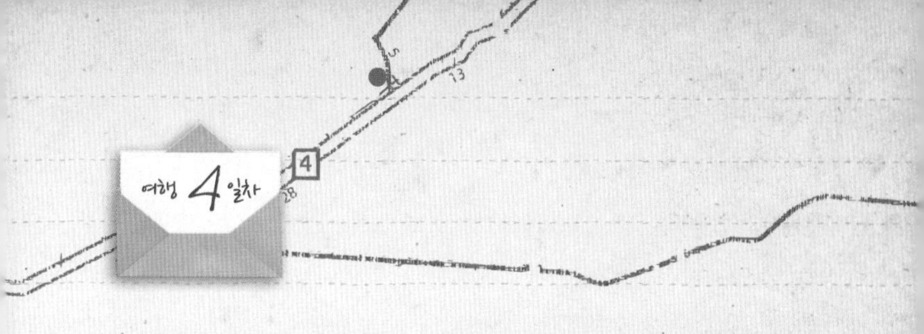

수리티재를 넘어-

끝이 아닌 시작의 알림

날이 갠 것이 얼마 만인가? 오늘은 고개를 하나 넘어 산골 마을까지 걷기로 했다. 걷기 시작하자 땀이 온몸을 타고 흘러내렸다. 그늘 하나 없는 삭막한 아스팔트 고개를 오르면서 인간이 만든 도로는 참 재미없다는 생각을 했다. 그 순간 대형 트럭이 바람을 일으키며 질주하듯이 옆을 지나간다. 가히 위협적이다. 사람이 걸어가는 것을 보면서도 전혀 아랑곳하지 않는다.

맨살에 닿는 볕은 무척 뜨거웠다. 터벅터벅 걷다 보니 길 위에 죽은 동물들이 눈에 띄었다. 뱀과 지렁이, 큰 나비와 곤충들이 밟혀서, 또 갈 곳을 잃어버린 채 죽어 있었다. 인간에게도 길은 너무나 인위적이고 자동차는 위협적인데, 작은 동물과 곤충에게는 어떻겠는가? 더운 날 걷기에 너무도 팍팍한 이 길만큼이나 인간은 다른 생명체들에게 그런 팍팍한 존재는 아닐는지….

고가도로의 교각 아래에 있는 마을을 지나치려 하니 교각 밑에 사시는 한 아주머니는 초면인데도 불구하고 나를 붙잡고 하소연을 하신다. 자동차 소음은 그래도 참겠는데 높은 도로에서 빗물이 쏟아져 내려와 길과 밭을 파헤쳐서 불편함이 이만저만이 아니라고. 그래서 동네 사람들은 모조리 이사 가고, 아주머니 가족들만 살고 있다고 했다. 큰 도로와 자동차 때문에 고통 받는 것이 동물만은 아니었다. 그 마을은 예전의 평화가 깨진 것이었다.

한여름 뙤약볕에 아스팔트 고개를 힘겹게 넘다 보니, 열병으로 헉헉거리는 지구의 느낌이 그대로 전해졌다. 오후가 되자 다시 비가 거세게 퍼부었다. 날씨가 정상은 아니다. 걷는 내내 곳곳이 물에 잠기고 산사태가 나고 도로와 터널이 무너진 것을 보았다. 장마철이라도 이렇게 비가 오지는 않았었는데.

한 마을에 들어서자 쏟아지는 비에 급히 빨래를 걷던 마을 할머니는 '비가 해도 해도 너무한다.'고 혼잣말을 하신다. 이번 여름엔 이상하리만치 비가 그치지 않고 쏟아 붓듯 내린다. 그런데 비가 너무 한 것이 아니라 그동안 인간이 지구에게 너무 했던 것은 아닐까?

: 수리티재를 지나다가 교각 아래 사는 아주머니가 말하던 그 도로를 보게 되었다. 산을 관통하는 도로를 보니 마치 칼을 들이대듯 위협적으로 느껴진다.

자동차 vs 걷기

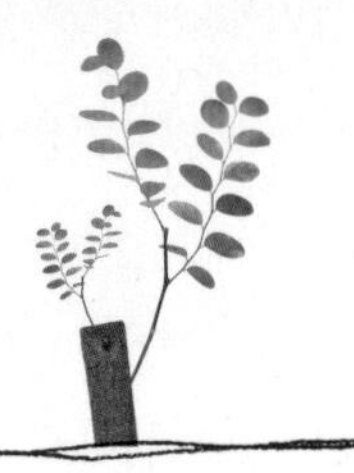

가이아님, 안녕하세요? 당신을 생각하면 제 몸이 약간씩 뒤틀리듯이 움직입니다. 입으로는 뜨거운 화산이 폭발하듯 열기를 내뿜고, 탄성도 지르고 싶습니다. 누군가에게 한바탕 비난을 퍼붓고 싶은 마음도 들고, 마음도 아픕니다.

이것이 지금 저의 상태입니다. 저도 살아 있는 생명체임을 알겠는지요? 제가 살아 있다고 말을 해도 사람들이 알아듣지를 못하지요. 그래서 저의 상태를 당신의 몸으로 표현해 보았습니다.

그렇군요. 제가 당신과의 교감을 통해 지구를 더 잘 알아가고 있습니다. 이제는 하루만 만나지 않아도 당신이 궁금해질 것 같습니다.

교감하는 것이 일상이 되면 그렇게 되지요. 오늘은 어떤 이야기를 나누고 싶은가요?

아침에는 날씨가 개어서 걷는 데 지장이 없었는데 고개를 넘고 잠시 쉬는 동안에 비가 억수같이 쏟아졌지요. 재를 넘는데 어찌나 더운지 땀을 많이 흘렸습니다.

걸어 다니면서 자연을 직접 느끼는 것은 자연과 교감하기에 매우 좋은 방법이지요. 인간이 만든 자동차가 인간으로 하여금 점점 걷지 않게 만들었지요. 고개를 넘을 때는 어땠나요?

쌩쌩 달리는 자동차들, 특히 큰 트럭이 지나가면 생명의 위협을 느꼈습니다. 인간이 만든 자동차는 왜 그렇게 소음이 많고 매연을 만들어 내는지….

자동차 때문에 인간이 소비하는 화석 연료, 석유의 소비를 생각해 보세요. 지구 온난화의 주범인 석유나 석탄, 가스 등은 지구의 오랜 역사로 비교해 볼 때 최근 몇 백 년 안에 인간들에 의해 동이 나게 생겼습니다. 편리함의 대명사인 자동차가 지구 환경 변화의 주범인 것을 생각하면 속이 상하지요. 걷기와 자전거 타기를 많이 하고 화석 연료의 지나친 소비를 자제해 줄 것을 부탁드리고 싶네요.

자동차로 인간의 활동성이 넓어진 것은 인간에게는 바람직한데 가이아님의 입장에서는 탐탁지 않은가요?

자동차의 소음을 누가 좋아하겠습니까? 자동차가 뿜어대는 매연은 식물들에게 치명적이지요. 이산화탄소를 이용해서 광합성을 하는 식물들 입장에서도 차의 매연은 정말이지 불쾌합니다. 먼지와 매연에 소음까지 감당해야 하는 길가의 식물들도 그렇게 살고 싶지는 않은 거죠.

길을 걷다보니, 많은 생명체들이 차에 밟혀 죽어 있었습니다. 뱀, 큰 나비, 잠자리, 지렁이 등 수많은 동물과 곤충들이었지요.

자동차가 그런 속도로 달리니 동물들인들 그것을 피할 수 있겠습니까? 인간들은 왜 그리 바쁜 건가요? 정말 바쁜 건지요, 아니면 마음이 바쁜 건지요? 삶을 제대로 생각할 시간도, 다른 생명체를 배려할 시간도 여유도 없어 보입니다. 그렇게 쌩쌩 달려가서 무엇을 하고자 하는지요?

좀 더 편하고 즐기면서 삶을 살고 싶어 하지요. 걸으면서 천천히 다른 대상과 교감하고 자신을 들여다볼 시간은 별로 없는 듯합니다.
걷기를 하면서 이런 생각이 들었습니다. 직립보행을 하는 인간에게 걷기는 의식을 깨우는 힘이 아닐까라는.

그렇습니다. 두 발로 서서 걸어 다니는 종種은 지구에서 인간이 유일하지요. 유인원이 걷기도 하지만 기어 다니기도 해서, 유일한 종은 인간이라 할 수 있지요. 걷는다는 것은 의식과 정신을 각성시키는 방법입니다. 작은 두 발을 바닥에 지탱하면서 온몸의 균형을 가장 잘 잡을 수 있도록 몸이 작동합니다. 그런 몸의 균형은 마음과 정신의 각성과 균형을 불러오는 것이지요.

자동차를 타면서부터 인간은 가지고 있던 각성과 본래의 균형을 더 잃어버렸다고 할 수 있습니다. 걷고 있을 때 더 건강할 뿐 아니라 정신적으로 깨어 있을 수 있습니다. 걷는 것은 단순한 운동이 아니라 정신과 의식을 살아나게 하지요. 그래서 직립보행을 하는 인간이 지구에서 의식체로 가장 진화된 종인 것입니다. 지금처럼 편안함을 추구하는 인간의 문화는 인간을 건전하지 않게 하고 몸과 마음을 병들게 합니다.

그래서 걸으면 더욱 몸과 마음이 가벼워지면서 숙면을 취하게 되는군요. 자동차 이용을 자제해야 하는 이유가 단지 환경오염 때문만은 아니네요.

그렇습니다. 인간이 오래 시간 앉아 있는 지금의 생활방식은 건강과 정신의 깨어남에 전혀 도움이 되지 못합니다.

지구 온난화

인간의 자동차 문화와 편리함을 추구하는 삶의 방식이 지금 지구의 이상 기후에 일조했다고 하셨는데, 기상이변과 자연재해에 대하여 이야기를 나누고 싶습니다. 이상기후의 가장 큰 이유는 무엇일까요?

지구 온난화와 인간에 의한 지구의 생태계 파괴로 인함입니다. 인간의 이기심과 무지로 인해 지구의 전체적인 흐름을 깨뜨려서 생태계 순환의 고리가 파괴되었기 때문입니다. 현재로서는 복원할 수 없을 만큼 여러 곳에서 생태계가 파괴되었는데, 인간의 개발이 자연의 흐름에 큰 방해가 되기 때문이지요.

지구가 자꾸 더워지는 온난화● 원인에 대해 궁금한데요, 인간들에 의한 온실가스 배출이 증가했기 때문이라고도 하고, 주기적인 태양 흑점의 활동 때문이라고도 합니다. 어느 쪽이 원인인지요?

양쪽 모두 영향이 있습니다. 지구가 온난화되는 것이 인간들에 의한 온실가스 배출이 주된 이유라면, 태양의 흑점 폭발에 의한 온도상승도 한 몫의 역할을 하고 있습니다. 하지만 인간의 행동으로 지구가 황폐해진 것은 인간의 책임이지요. 오랜 시간 지켜온 지구의 리듬이 인간의 개입으로 급속도로 깨어지는 결과를 낳았습니다.

하지만 어떤 과학자들은 지구 내부의 온도가 올라가는 이유가 지구 내부의 방사성 물질(우라늄, 토륨 등)의 붕괴열에 의해 뜨거운 것이지, 바깥에서 일어나는 지구 온난화나 환경오염과는 상관이 없다고 말합니다.

지구를 저보다 더 잘 아는 사람이 있군요. 제가 말하는 것이 제가 움직이는 시스템이고 생명활동의 원칙입니다. 기

● 다수의 과학자들은 인간들이 사용하는 화석 연료 등에서 나오는 이산화탄소, 메탄, 프레온 등의 온실가스가 대기 중의 열에너지를 가두어 온실효과가 일어난다고 하고 또 다른 주장은 주기적인 태양의 흑점 활동 때문이지 온실효과에 의한 것이 아니라고 하기도 한다. 그 주장에 의하면 태양 흑점은 1,500년을 주기로 활성화되는데 그 결과 지구의 온도가 올라가고, 대기 중에 이산화탄소가 증가한다는 것이다.

존의 과학적 이론을 저에게 말한다고 그것이 진실이 되지 는 않지요. 지구의 온난화로 인한 지구 열기의 내부유입이 지금 지구의 자정작용과 관계가 많습니다. 그것이 화산이나 지진을 가속화시키고 있고요. 지구 대류에도 영향을 미쳐서 여러 가지 이상기후가 일어나고 있습니다. 인간이 지구의 메커니즘을 이해하는 것이 이래서 어렵습니다. 제 말을 믿으면 됩니다.

네. 그렇군요.

휴대폰의 전자파

휴대폰 전자파 역시 지구와 지구 생명체에 좋지 않은 영향을 준다고 들었습니다. 휴대폰 전자파가 실제로 그런 영향을 미치나요?

지난번에 지구가 생명체들과 교류하고 조절하는 방법은 파장을 통해서라고 했습니다. 인간의 소통방식만 유별납니다. 지구의 모든 생명체가 하고 있는 자연스러운 방식은 분명히 아닙니다. 다른 매체를 이용하여 소통하니까요. 본래 모든 생명체는 파장으로 소통할 수 있는데, 인간은 본래의 능력을 잃어버려서 휴대폰 등 여러 도구를 이용하고 있습니다. 자연의 어떤 생명체도 인간처럼 소통하지 않아요. 누가 더 원시적인가요?

휴대폰에서 나오는 전자파가 인간의 파장과 닮아 있고 또 지구가 가진 파장과 유사하여 지구나 인간 본래의 파장과 혼란을 일으키고 있습니다. 인간의 과학이 본질과 비슷한 물건을 만들려고 애쓴 흔적이 보이기는 하네요. 하지만 이 파장은 지구와 인간에게 치명적일 수 있습니다. 본래의 파장에 혼란을 초래하여 지구나 생명체들이 타고난 역할을 하는 것을 방해하게 되지요. 생명체의 리듬이 깨어지는 것입니다. 지구 역시 혼란스러운 상태가 되었습니다. 전자파가 계속 지구로 유입되고 있으며, 그런 전자파도 지구의 자정작용의 한 요인이 되고 있습니다.

휴대폰이 지구와 생명체의 파장과 리듬에 많은 혼란을 주고 있군요. 휴대폰을 사용하는 사람이 점점 많아지고 있는데 큰일입니다.

지구 자정작용은 회복의 몸부림

지구의 이상기후는 당신이 아프고 병든 상태라고 하셨는데 지구의 기상 상태는 현재 어느 정도로 심각한지요?

그야말로 곳곳이 정상적인 기상과 기후를 드러내지 못하고 있습니다. 기존에 지구의 기후라고 일컬을 만한 원칙이나 상태에서 많이 어긋나 있습니다.
겨울이나 여름의 계절적인 구분도 모호해질 지경이니 인간들뿐 아니라 다른 생명체들이 혼란을 겪을 정도로 자연의 질서가 파괴된 것이지요. 한번 리듬이 깨어지기 시작하면 연이어 다른 순환계와 생태계의 사이클이 동시에 어긋나게 되어 이러한 결과가 초래됩니다.

폭우가 쏟아지고 폭설이 내리는 것이 정상이 되어 버렸으며, 빙하가 녹고 해수면이 상승하고, 지진과 화산폭발이 어디에서라도 일어날 가능성이 점점 많아지고 있습니다. 미국과 같은 곳에서는 토네이도*가 수시로 발생하고 있고, 세계 전 지역에서 홍수와 가뭄을 겪고 있으며, 아프리카 등지에서는 아예 기후 난민**이 발생하고 있지요.

자연의 무서운 복수가 시작된 것입니다. 그러나 그것은 자연이 화가 났다기보다 질서를 회복하기 위한 몸부림 같은 것입니다. 어떻게든 정상의 상태로 돌려보기 위해 안간힘을 쓰는 것이지요. 그래서 자연의 힘은 강하고도 때로는 생명체에 혹독하게 다가오기도 합니다. 그렇게 하지 않으면 질서가 다시 회복되지 않기에 강한 자정작

● 최근 미국 중남부에 대형 토네이도만 230여 차례 발생하고 다른 지역은 태풍, 폭우, 우박 등이 쏟아졌다고 한다.

●● 올해(2011년) 초 발생한 라니냐는 동아프리카에 극심한 가뭄을, 호주에는 50년 만에 최악의 홍수가 났으며. 이런 식의 가뭄과 홍수 피해는 올해만의 일이 아니어서 방글라데시의 볼라섬은 2005년 섬 전체의 절반이 침수되어 50만 명이 섬을 떠나야 했다. 아프리카 사하라 사막 남부 국가들은 기후 변화로 인한 가뭄과 기아로 약 1,000만 명이 먹을 것을 찾아 집을 떠났다고 한다. 이런 식의 극심한 기후 변화로 고향을 등진 이들을 '기후 난민'이라고 부르는데, 지난해에만 해도 4,200만 명의 기후 난민이 발생했다고 한다.

용을 통해서 회복하고자 하는 것입니다. 인간은 자연의 메커니즘을 모르는 상태에서 단순하게 우연히 닥친 재해나 불행으로 생각하기 쉬우나 이는 자연을 훼손시킨 것에 대한 당연한 대가입니다.

지진의 리듬

최근 지진이 빈번하게 일어나고 있고 근래에 발생한 뉴질랜드, 일본의 지진은 그 규모가 엄청났지요. 그리고 지구 곳곳에서 강도는 다르지만, 지속적으로 지진이 일어나고 있습니다. 당신은 이것에 대해 해줄 말씀이 있는지요?

지진이 일어날 때 한 곳에서 터지는 것이 아니라 여러 곳이 동시에 반응하게 되어 있습니다. 뉴질랜드나 일본은 강하게 일어난 경우이고, 필리핀, 한국, 중국, 미얀마 등 돌아가면서 지각판이 약하게 움직이면서 반응을 하고 있지요.
강, 약이 교대로 반응하면서 음악의 운율처럼 지진이나 화산폭발이 일어납니다. 지금은 약의 상태로 움직이고 있지요. 하지만 다시 상태가 바뀌면 어느 지역이든 '꽝'

하고 다시 강하게 터지게 되는 원리와 같습니다.

특히 강하게 터지는 경우는 화산지역, 환태평양 조산대 지역의 가능성이 크지요. 지금은 지각판이 준비 운동을 하는 것처럼 전후좌우로 움직이고 있는 상태라고 보시면 되지요. 그러다가 출발 신호와 함께 출발하는 운동선수들처럼 지구에서 동시다발적으로 지진이 일어나게 될 것입니다.

그러면 약과 강의 상태로 반복하다가 어느 시점에는 함께 시작을 하는 것처럼 동시다발로 일어난다는 말씀인가요?

그렇습니다. 강, 약, 강, 약 하다가 본격적으로 꽝, 꽝, 꽝 하는 원리입니다. 지구 내부의 열기와 쏟아져 내려오는 우주의 기선氣線이 맞물려서 지구는 스스로 조절할 수밖에 없는 상황이지요.

일본 지진

지난봄 일본의 지진과 쓰나미로 많은 사람이 죽고 한순간 삶의 터전을 잃어버린 것을 보고 충격을 받았습니다. 안타깝기도 하고 무섭기도 하고요.

많은 사람이 죽고 가족을 잃어 저도 가슴이 아프답니다. 지구 위의 사람들이 한가족이자 제 자식과 같은데 저라고 아무 느낌이 없겠습니까? 하지만 자연재해만이 문제가 아니라 이런 큰 재해를 대하는 인간의 의식과 대처방법이 달라져야 합니다. 일본은 이런 일이 생긴 것이 지역적 특성상 지진이 빈번한 곳이라고 받아들일 뿐 반성과 각성의 조짐이 별로 없습니다. 특히 지도층들이 깨어나기는커녕 자신의 이기심과 권력에 대한 집착으로 적절한 조치를 미루는가 하면 국민에게 많은 정보를 감추었지요.

이런 큰 지진도 얼마 되지 않아 사람들은 금방 둔감해지더군요. 저는 이것이 더 걱정되었습니다.

일본은 모델일 뿐입니다. 일본이라는 모델을 보고 지금 일어나는 자연재해를 어떻게 바라보며 지구의 상황을 이해하느냐는 각 나라에 달렸지요. 아니, 한 사람 한 사람에게 달려 있다고 말하는 것이 맞을 것 같군요.
특히 원전을 만든 것은 인간들입니다. 자연이 아니지요. 그리고 그 일본 원전은 다른 목적이 있기도 한 것입니다. 핵무기를 위해 필요한 플루토늄 공급 때문이기도 하지요. 그리고 방사능에 대한 대처가 얼마나 솔직하고 신속하게 이루어졌는가에 대해 일본 지도자들은 가슴에 손을 얹고 물어야 합니다. 이런 은폐와 권력 유지를 위한 술수들이 조정되지 않는다면 지구의 위기와 재난 시에 여러 나라에서 이와 같은 일이 벌어질 것이고, 지도자들은 자신들의 이익과 권력 유지에 급급하여 적절한 지구적, 인류적인 대응이 나오지 않을 것이기 때문입니다.

일본은 앞으로도 큰 지진이 일어날 가능성이 많은 나라입니다.

백두산 화산폭발

요즈음 한국에서도 작은 지진들이 이곳저곳에서 일어나고 있습니다. 이런 현상은 이전에 일어나던 일은 아닌 듯합니다. 한반도는 어떤 상태인지요?

한반도의 지각판이 일본 지각판과 함께 약간씩 움직이고 있는 것이 사실입니다. 흔들흔들하고 있다고 보면 됩니다. 작은 움직임들이 있으면서 일본판과의 움직임을 조정하고 있는 것이지요. 판의 구조가 서로 다르기는 하지만 인접한 상태이기 때문에 서로 영향을 받고 있지요.

지금 지진이 크게 일어날 확률은 약하지만, 북한의 핵실험이나 이런 부분도 영향을 주고 있습니다. 핵실험은 지하에서 일어나는 부분이라 지각판에도 영향을 미친다고 볼 수 있습니다. 지각판의 조율을 위한 움직임이 당분간 지속될 수 있습니다.

특히 백두산 화산폭발 가능성이 크다는 보도가 있는데, 백두산은 1,000여 년 전에 이미 폭발한 적이 있었고 그때의 폭발 위력이 지난해 아이슬란드의 화산폭발보다 1,500배 이상이었다고 합니다. 만일 이와 같은 규모로 백두산이 다시 한 번 폭발한다면 한반도는 물론 전 세계적인 재앙이 될 거라고 하고요. 백두산 화산이 다시 폭발할 가능성이 있나요?

그렇습니다. 한반도의 백두산은 화산활동을 지금 활발히 하고 있지는 않지만, 언제든지 폭발할 가능성이 점점 커지고 있습니다. 특히 백두산의 폭발은 단순한 지구의 자정작용을 넘어서 지구의 다음 스케줄과도 연관이 있는 화산입니다. 백두산의 화산폭발이 어느 정도로 이루어지느냐에 따라 동북아시아 사람들 각성의 촉매제가 될 것입니다. 북한과 중국이 가장 많은 영향을 받게 될 것이며 이로 인해 정치적으로도 어려움을 겪게 될 것입니다.

가이아님과 대화하는 중에 갑자기 백두산 화산이 폭발하는 이미지가 떠오르네요.

이런 지구의 스케줄에 대한 이야기를 하기에는 다소 어려움이 있습니다. 우주 차원에서 조정되는 면이 있기 때문입니다. 지구의 상황으로 보면 백두산의 화산폭발은 현재 많은 가능성을 가지고 있으며 언제라도 폭발할 수 있다고 보입니다. 그리고 그 폭발의 정도는 예측하기 어려운 점이 있다고 말씀드리고요.

방금 백두산의 화산폭발이 지구의 스케줄과 관계가 있다고 하셨나요?

네. 그렇습니다. 백두산의 상징성은 매우 커서 지구의 흐름을 조절할 수 있는 상단上丹●의 역할을 할 수 있습니다. 상단에서 빛이 뿜어져 나오는 것처럼 새로운 흐름을 만들기 위해 화산폭발을 통해 인류의 역사가 달라짐을 의미하게 되지요.

현재 빈번한 자연재해의 의미는 인간의 각성을 위한 도구로 사용되고 있다는 것이며, 이를 대처하는 인간의 방식

● 인체에는 생체에너지인 기氣의 흐름을 조절하는 3가지 센터가 있는바, 하단下丹, 중단中丹, 상단上丹이다. 하단은 아랫배 속에 있는 기의 저장고로서 일반적으로 '단전'이라고 하면 하단을 가리키는 것이다. 중단은 사랑의 중심, 상단은 인간의 지혜를 관장하는 곳으로서 중단과 상단을 개발하고 가꿈으로써 인간은 천인天人으로 거듭날 수 있다.

과 행동을 통한 각성은 또한 중요한 진화의 도구가 될 것입니다. 지금 상태로 인간들의 각성은 매우 미미하고 자신을 포함한 세계에 대한 깨우침을 가지기는 어렵지요.

백두산이 상단에 해당한다는 말씀은 한반도를 하나의 인체로 보았을 때 그러한 것인지요?

그렇습니다. 백회●와 연결된 상단에 해당하며, 후천시대를 주도하게 될 한국의 상단인 백두산의 폭발은 그런 의미를 지니고 있습니다.

큰일이군요. 사람들이 어떻게 대처해야 할까요?

반경 50km 이내에 있는 사람들은 이동해야 하며, 주변의 모든 자연이 백두산 폭발에 영향받을 것입니다. 화산재는 물론이고 엄청난 마그마가 천지의 물과 함께 넘쳐서 그 지역을 덮을 것입니다. 단순한 화산폭발과는 좀 다른

● 머리 꼭대기를 뜻하는 말로 정수리의 숨구멍 자리. 백 가지 경락이 모이는 중요한 혈자리이다.

양상입니다.

그 영향이 남한에까지 미치게 되는지요?

어느 정도 미치게 되지요. 화산재의 영향을 받게 될 것이며, 다행인 것은 백두산 폭발이 천지의 물과 함께 작용해서 화산재의 영향이 아주 심각한 정도는 아닐 수 있다는 것이지요. 폭발의 강도는 강할 듯합니다.

가장 피해를 입는 자연현상은 무엇일까요?

농사가 어려울 것이며 맑은 물을 구하는 것이 어려울 것입니다. 이에 대한 준비가 필요합니다.

우주에서 지구의 역할

가이아님, 지구의 지금 상황이 우주의 스케줄과 연관이 있다고 하셨는데 우주에서 지구는 어떤 별인지요?

지금 지구에 살고 있는 인간의 의식 상태로 받아들이기에는 어려운 점이 있겠지만, 지구에 여러 생명체가 각기 역할을 하듯이 지구도 하나의 생명체로서 우주에서 어떤 역할을 맡고 있는 별입니다.

지구는 인간들이 생각하는 것보다 훨씬 중요한 역할을 맡고 있으며 우주에서 지구와 같은 별은 찾아보기 어렵지요. 이렇게 온갖 생명체와 변화무쌍한 환경 여건을 가지고 있고, 수없이 변화를 반복하며 진화해 온 별은 드물거든요.

우주에서 지구의 역할은 생기生氣를 만들어 은하의 별들

에 공급하는 역할을 하지요. 인간이나 다양한 종들이 어떻게 진화하는가를 살펴보면서 우주 전체의 진화를 생각하고 고려하며 실험하고 있는 별입니다. 그래서 지구는 우주의 다른 별들이나 생명체들에게도 관심의 대상이 되고 있으며, 지금 많은 우주인이 방문하고 있는 것도 지구에 대한 관심과 사랑 때문입니다.

지구 가이아의 역할은 지구의 모든 생명체가 태어나고 잘 성장하도록 돕고, 그 사명을 다하면 다시 자연으로 돌아가도록 돕는 역할입니다.
이 광대한 우주에서 지구의 역할은 하나의 행성의 역할을 넘어 아주 중요한 의미를 지니고 있는 별이라 할 수 있습니다. 그래서 저는 지구의 모든 생명체에 대한 각별한 사랑이 있으며, 지구의 모든 것들이 잘 운행되고 성장하고 다시 자연으로 돌아가기를 바라는 마음이 많습니다.
이제 지구는 특별한 사명을 감당해야 하는 중요한 시기에 있습니다. 인간들이 이런 사실을 알고 깨어나 동참해주기를 진심으로 원하고 있습니다.

가이아님, 당신은 지구 어머니로서의 역할뿐 아니라 우주의 일원으로서 중요한 역할을 하고 있군요. 저도 당신처럼 우주를 생각해보게 되네요.

지구를 넘어 우주를 그리워하는 마음은 모든 생명체가 본래부터 가지고 있는 마음이지요. 무한한 우주를 꿈꾸며 무한히 성장하는 것이 본래 우리가 가지고 있는 본성입니다. 지구인 저는 행성으로 존재하면서 끝없이 우주와의 만남을 기다려왔습니다. 무수한 별이 존재하는 우주, 영원함이 존재 가능한 공간, 또 생성과 소멸로 이어지는 공간이지요.

우주를 생각하니 아련하고 그리운 느낌이 듭니다.

더 이상 기다릴 수 없다

가이아님, 화제를 좀 바꾸어 보고자 합니다. 사람들과 이야기를 하다 보면 다양한 시각을 가지고 있음을 알게 됩니다. 현재의 지구 환경오염이 심각한 것은 사실이지만 사람들의 의식이 깨이고 있고, 많은 환경단체가 활발하게 활동하고 있으며, 학교에서는 환경교육이 늘어나고 있다고 합니다. 각 나라에서도 온실가스를 줄이기 위해 노력하고 있으며, 태양광, 풍력 등의 대체에너지도 발달하고 있으니 지금의 여러 문제를 곧 해결할 수 있을 것이라 합니다.

아마도 인간들의 의식이 그렇게 전환되는 것이기는 하나 과학적으로 자연에 해를 끼치지 않는 기술 개발이 쉽사리 이루어질 수 없는 면이 있습니다. 그것은 인간의 욕심 때문입니다.

인간이 자연을 황폐화시킨 것은 연료가 부족해서도 아니

고 식량이 모자라서도 아니며, 자신의 이익을 추구하는 면이 많기 때문입니다. 다수가 잉여의 이익을 갖고자 하는 마음 때문에 자연이 이렇게 황폐화되었지요. 자연스러움을 아는 다른 생명체와 인간이 다른 점이 바로 그 부분입니다.

지금 같은 경제 체제와 사회적 바탕에서는 사람들은 끝없이 자신의 욕망과 이익을 구하게 되어 있고, 일부의 사람들이 각성한다고 해도 그 논리와 방법을 다른 사람들이 받아들이기 어렵습니다.

그렇다면 가이아님은 더는 참기 어려우신 상황인가요?

제가 기다릴 수 없는 이유는 인간의 욕망은 더 높아지고, 자연이 그것을 감당하는 것은 한계치에 왔다는 것입니다. 인간의 늘어나는 욕망과 그것을 감당하는 자연의 부담이 정비례하기 때문입니다. 두 가지가 서로 연결된 원리이지요. 인간이 자연과 따로 존재하지 않는 이유가 바로 이것입니다.

자연스러움을 모르는 존재, 인간

아! 인간의 문명이 한계점에 다다랐다는 말씀처럼 들립니다.

그렇습니다. 인간은 자연스러움을 모르는 존재가 되어버렸지요. 언제부턴가 인간은 굉장히 어려운 과학적, 철학적, 형이상학적 대상으로 자연을 이해하게 되었고, 자연과 동화되지 않고 생태계에서 따로 존재하는 종種이 되어버렸습니다. 인간 스스로 불러온 일이지요.
편안함과 물질적인 향락을 추구하며, 인간끼리도 반목하고 공존하지 않는 지구에서 유일한 존재인 듯합니다. 모든 것을 잃어버리고 혼자서 방황하며 자신이 가진 것이 무엇인지를 모르는 지구의 미아 같은 존재가 되어 있지요. 인간은 이런 단절과 어둠에서 속히 깨어나야 합니다.

자연은 있는 그대로 가장 훌륭한 존재로서 그것에 동화되고 함께 조화한다면 인간은 훨씬 많은 것을 이해하고 얻을 수 있습니다. 지금 인간들이 만들어 놓은 세상은 자연과 어울리지 않은 다소 생뚱맞은 문화이고 문명입니다.

물질문명의 추구로 이 같은 방향으로 치달았지만, 인간이 현명하다면 좀 더 빨리 지구의 방향키를 돌렸어야 했습니다.

지금 지구와 생명체들이 거의 파괴되고 죽어가고 있는데 아직도 아무런 의식도 느낌도 없다면, 그런 인간들에게 무엇을 더 바라고 기대하겠습니까?

주변을 둘러보세요. 지구를 한번 느껴보세요. 헉헉 대는 소리가 들리지 않나요? 열병과 오염으로 죽어가는 저의 소리가 들리지 않나요? 그래서 인간들이 알아 차릴수 있는 방법으로 기후가 이상해지고 자연재해가 일어나고 동식물들이 죽어가고 있지요. 그래도 모르겠는지요? 제발 눈을 좀 뜨고 마음을 열어보세요.

물질적인 문명의 한계를 인식하고 새로운 출발을 해야 합니다. 시간이 너무 없습니다. 더 기다려줄 수 있는 시간이 없습니다. 당신의 죽음이 눈앞에 와 있는데도 아무렇

지도 않을 수 있는지요. 지구 가이아는 인간들에게 정말 이지 진정으로 호소합니다. 시간이 없습니다.

당신들이 지구와 지구의 많은 생명체들에게 지금까지 어떻게 해왔는지요? 저는 이렇게 사람들에게 장황하게 말을 한 적이 없습니다. 저도 마음이 매우 급합니다. 저의 마음을 제발 전해주세요.

가이아님, 인간들에게 하고 싶은 말씀이 정말 많으셨군요. 당신의 애타는 마음을 알겠습니다. 인간이 왜 이리 생겼는지 저도 알다가도 모르겠습니다. 만물의 영장이라는 소리를 믿고 온통 이기심과 무관심으로 세상을 도배해 놓았네요. 자연재해를 당하는 사람들만의 불행으로 여기고 있고요. 참 부끄럽습니다.

지구의 예정된 자정작용

가이아님의 말씀대로 앞으로 강도 높은 자정작용이 정말 일어나게 되는 건가요?

물론입니다. 지구의 상태가 점점 심각해지고 있는데, 그저 한두 번의 지진과 화산폭발로 지금의 온난화와 오염 상태를 감당할 수는 없습니다. 지구 내부에 열기가 들끓고 있으며 어떤 방법으로든 그것을 분출할 수밖에 없습니다. 지진과 화산은 그런 자정작용의 일부입니다.

인간이 많은 온실가스를 배출하고 지구 대기권의 보호막이 파괴되어 그 속도가 점점 빨라지고 있습니다. 속도가 붙기 시작하면 그 속도는 가속화되어 앞으로 무서운 속도로 지구의 온난화가 진행될 것입니다.

물론 이런 상황이 되는 것은 지구의 자정작용과 함께 우주적인 스케줄도 포함이 되어 있기는 합니다. 하지만 인간의 행위로 인한 많은 오염물질과 지구 환경의 파괴는 그 수준이 예상을 훨씬 뛰어넘는 것이어서 인간이 이에 대한 인식이 없다면 더욱 가속이 붙을 것입니다.
이로 인해 생기는 화산과 지각의 움직임은 어떻게 할 수 없습니다. 내부의 들끓는 열기에 의해 지구 맨틀의 움직임이 활발해지고 그에 따라 지각판들도 춤을 추듯 움직이게 됩니다. 그리고 그 열기를 내뿜고자 하는 활동이 화산으로 분출됩니다. 지구의 메커니즘은 복잡하지만, 그 원리에서 벗어나면 조정 작용은 틀림없이 일어나게 됩니다.

아, 무섭습니다. 일본과 쓰나미는 순식간에 인간의 터전을 쓸어버렸습니다. 많은 사람은 자연의 힘 앞에 공포를 느끼고 어찌할 바를 몰라 했습니다. 자연의 무서운 힘이 느껴졌지요.

자연은 인간의 머리에서 나오는 계산이나 논리에 의해 움직이는 것이 아닙니다. 살아 움직이는 생명체로서 반응하고 조절하는 주체입니다. 다수의 희생이 따르더라도 필요한 경우에 갈아엎어서 새로운 환경을 만들기도 하고,

자연의 질서에 어긋나면 거대한 힘이 되어 다가오기도 합니다.

그런 자연을 안다면 함부로 망가뜨리거나 부자연스러운 행위를 가하지 않게 되지요. 지진과 쓰나미는 인간들의 측면에서 보면 참으로 안타까운 일이지만, 자연의 순환의 측면에서 보면 불가피한 경우인 것이지요.

'자연의 무서운 복수'가 이미 시작되었다고 하셨는데 그러한 자연재해의 양상이 더 격심해지는 시기나 지역에 대해 말씀해주실 수 있는지요?

자연재해에 대한 구체적인 시기나 지역을 언급하기가 쉽지는 않군요. 세계적으로 다양한 재해가 일어나게 되므로 한 지역의 문제가 아님을 알아야 합니다. 그리고 이미 시작되었고, 그 양상은 지금부터 더 다양해지고 심각해질 것입니다. 홍수와 가뭄이 일어나고, 지진과 화산폭발이 예상되는 곳도 많습니다.

지진은 주로 환태평양 조산대나 바다의 지진대를 중심으로 발생할 것이며, 히말라야 알프스 조산대나 중동지역 지진대역도 해당될 수 있습니다. 폭풍우나 태풍의 양상도 갈수록 잦아지고, 미국 같은 대륙에서는 토네이도 같은 자연재해도 예상됩니다.
아프리카나 아시아에서는 더위가 심해지고 땅이 말라버리는 일이 주로 발생할 것입니다. 호주의 사막화나 물난리는 이미 정도를 넘었고요, 유럽은 폭서와 홍수와 가뭄을 겪고 있는데 이 역시 더욱 심해질 것입니다.

이런 다양한 기후 이상과 자연재해가 앞으로 이어지며 올해(2011년) 하반기나 내년에는 사람들이 이런 현상을 깊이 체감하게 되어 화가 난 자연에 대해 놀라움을 금치 못할 것입니다. 어느 지역에 어떤 재해가 일어나는 것을 알려고 하기보다는 어떠한 자연재해를 어떻게 받아들이고 또 피해를 줄이면서 인간들끼리 협력할 수 있느냐가 더 좋은 대책과 방안이 될 것입니다. 현명한 판단과 발 빠른 대처로 인명의 피해나 재산의 손실을 줄일 수 있어야 하겠지요.

인간이 대단한 문명을 이뤄놓은 듯하지만, 자연과 힘겨루기를 하는 것은 어리석은 일입니다. 현명하게 대처하기를 바랍니다.

폼페이의 비극

갑자기 폼페이의 최후●가 떠오릅니다. 폼페이는 로마제국의 사치와 향락의 극단을 잘 보여주는 곳이었는데, 화산폭발로 하루아침에 파묻히고 말았다고 합니다. 탐욕과 무분별한 향락에 빠져 살았던 그곳 사람들이 신의 벌을 받은 것이라고 전해지고 있지요. 화산폭발로 인한 도시의 멸망이 정말로 폼페이 사람들의 잘못된 삶과 관련이 있었나요?

폼페이 화산폭발은 인간의 환락과 행동의 무분별함에 대한 하늘의 응징을 자연을 통해 한 경우입니다. 그 시대의 로마 사람들은 인간과 동물에 대한 학대와 성의 탐닉

● 서기 79년 8월 24일 아침, 한참 여름휴가의 절정을 치닫고 있던 폼페이는 갑작스럽게 닥친 베수비오산의 화산폭발로 최후를 맞게 되었다.

으로 인간성이 말살된 것을 보여주는 인간 타락의 극치를 보여주는 대표적인 예가 되었지요. 그들의 모습을 지나칠 수 없었던 하늘이 자연을 통해 멸망시킨 경우입니다. 이런 경우는 특별한 예로서 인간에 대한 하늘의 모습은 때로 엄격하며 때로는 인자한 모습을 가지는데, 회복이 불가능하다 판단되는 경우에는 이런 방법을 사용하기도 합니다.

인간의 문명이 극도로 타락하여 멸망하게 된 예였군요. 역사가 반복되지 않기를 바라게 되네요.

마지막 카드, 인간의 깨어남

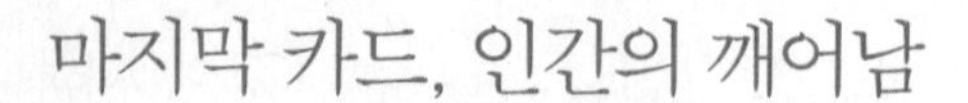

가이아님과 대화를 하다 보니 인간의 각성과 지구의 대자정작용 사이에 는 밀접한 관계가 있다는 것을 알게 됩니다. 어떻게 보아야 할지요?

인간의 깨어남은 지구의 역할과 스케줄에 결정적인 영향을 미치는 요인입니다. 지구의 주인이 인간은 아니지만, 지구의 많은 부분 방향성을 좌우하는 인간은 자유의지가 강하게 주어진 종種이고 피조물이지요. 그래서 지구 환경을 파괴시킬 수도 있지만, 지구를 더 나은 곳으로 진화시킬 수도 있는 생명체입니다.

인간이 이 사실을 알고 자신의 역할을 제대로 한다면 지구의 많은 생명체는 혜택을 함께 누리게 될 것입니다. 마지막 카드를 지니고 있는 승부사 같은 역할입니다. 자신의 역할과 무한한 능력을 안다면 지구와 지구의 생명체들에게 엄청난 혜택을 줄 수 있습니다. 인간이 창조된 것이 바로 그런 이유이지요. 본인의 선택에 의해 자신의 삶과 행성 전체에 영향을 미치는 존재입니다.

어쩌면 인간은 부담스럽기도 하고 매력적이기도 한 캐릭터네요.

맞습니다. 어떻게 되느냐에 따라 변수가 많은 존재이지요. 지금 지구에서 인간으로 인해 고통 받는 생명체들이 많은 이유가 인간의 자유의지 때문이라고 할 수 있지요. 다른 생명체들은 이렇게 역할을 하는 경우가 없으니까요. 인간이 새로운 모습으로 바뀔 수 있지만 그렇게 되기 위해서는 많은 각성이 필요한 시점입니다. 함께 빠르게 노력하지 않으면 안 되는 때입니다.

인간이 빨리 깨어날 수 있을까 걱정이 됩니다. 인간의 한 사람으로서 자유의지를 활용하여 이 사실을 알리도록 열심히 노력하겠습니다.

4일째에 나눈 가이아님과의 대화를 책에 실어야 할지 고민되었다. 흔히 거론되는 종말론으로 비칠까 싶어서였다. 하지만 가감 없이 책에 싣기로 했다. 가이아님과의 교감 내내 그녀의 사랑이 느껴져서였다. 공포와 위협이 아니었다. 변수가 많은 존재 인간, 부담스럽기도 하고 매력적인 존재이기도 한 인간, 그 인간이 이제 변화해야 할 때라고 말을 하고 있다. 만약 변하지 않으면 지금 인류의 문명은 폼페이의 비극처럼 될지도 모른다.

가이아님과의 긴 대화 때문이었을까? 긴 여정에 지칠 법도 한데 잠이 오질 않는다. 유명하지도 않고, 젊지도 않고, 사회에 큰 영향력도 없는 내가 과연 가이아님과의 대화내용을 잘 알릴 수 있을지, 사람들이 내 이야기를 듣고 변화할 수 있을지 걱정이 되어서였다. 누구 한 사람을 위한 것이 아니고, 지구, 그리고 지구가족을 위한, 사람들을 위한 일인데, 과연 내가 잘할 수 있을까? 나에게 주어진 일이 무겁게 느껴졌다.

잠은 오지 않고 바람을 쐬러 밖으로 나오니, 비가 멈춘 뒤 하늘이라 그런지 별들이 총총했다. 우주에 있는 무수한 많은 별들, 그 사이에 지구라는 별, 그리고 한국이라는 나라에 사는

'나'라는 존재. 우주에 있는 그 무수한 존재 사이에 나의 존재는 한강의 모래알만큼이나 작게 느껴졌다. 그렇게 무념의 상태로 그 별들을 한참 바라보고 있자니 별들이 나에게 속삭이는 듯했다.

'괜찮아. 다 잘 될 거야.'
'괜찮아. 그냥 지금 걷듯이 한 발 한 발 앞으로 나아가면 되는 거야.'
'너 자신을 믿어. 믿음만큼 강한 힘이 생길 거야. 그럼 되는 거야.'

내 안에서 울리는 목소리인지, 별들의 속삭임인지 알 수는 없었지만 그 울림으로 인해 내 마음은 위로받고 있었다. 불어오는 산들바람도 답답했던 가슴을 시원하게 해준다.

'가이아님 감사합니다. 이렇게 저를 위로해 주시는군요. 편안히 잠들 수 있을 것 같네요. 가이아님….'

'괜찮아, 다 잘 될 거야.'
항상 하늘을 쳐다보면 마음 깊이 위로 받는다.

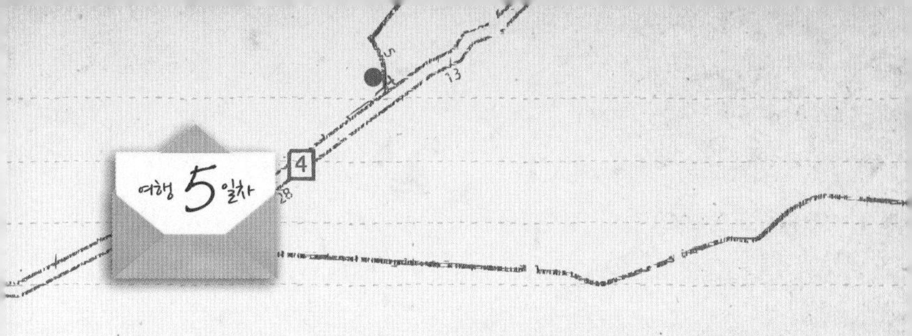

구병산에서-

지구에 대한 사랑과 작은 실천으로

장마가 물러갔는지 따가운 햇살 사이로 바람이 일렁인다. 걷기엔 다소 더웠지만 비가 멈춘 것이 얼마나 다행인가. 오늘은 근처 친환경 농사를 하고 있는 논을 거쳐 구병산으로 걷기로 했다. 도시의 생활 속에서 생태적 삶이라 해야 친환경적인 세제를 쓰고, 유기농 먹을거리로 밥상을 차리는 정도여서 마음 한구석에는 복잡한 도시를 벗어나 한적한 시골에서의 귀농을 자주 꿈꾸기도 했다. 그래서 친환경적 농업에도 관심이 갔다.

유난히 싱그러워 보이는 논을 가만히 들여다보니 그 속에 흑

갈색의 크고 작은 우렁이들이 촉수를 뻗고 움직이고 있었다. 벼들은 바람과 햇살을 맞으며 우렁이와 함께 알콩달콩 자연의 축복처럼 자라나고 있었다. 분명 농부가 어머니의 손길로 그들에게 날마다 사랑을 더해 주고 있겠지.

구병산 방향을 알리는 도로 표지가 보였다. 발걸음이 가벼워지며 걸음걸음에 바람이 느껴진다. 눈을 감고 바람을 맞아 본다. 온몸의 세포가 바람에 깨어난 듯 묻는다. '이 바람은 어디에서 오는 것일까?' 걸음 속에 바람이 있고 또 내가 있다. 바람은 이렇듯 모든 것을 지나가며 교감하는 존재이리라.

한참을 걸어서 구병산에 도착했다. 이 고장 사람들은 아버지 속리산, 어머니 구병산이라 부른다고 한다. 많이 알려지지 않은 구병산은 한적한 느낌마저 들었다. 그런데 산의 입구를 지나다 보니 개발을 한다고 산을 깎아 길을 내고 건물을 여러 채 짓고 있었다. 자연과 전혀 어울리지 않는 개발에 마음이 좀 언짢아졌다. 고개를 돌려 산의 풍광을 바라보니 마음과 눈이 시원해졌다.
산을 오르다 시원한 계곡물에 발을 담그니 발끝에 닿는 물과 자갈의 촉감이 감미롭다. 연일 고생하는 두 발에 달콤한 휴식과 위로를 전했다. 구병산의 여름 한나절은 여유롭고 어머니 품처럼 편안했다.

우렁이와 벼의 모습에서 농부의 사랑이 느껴진다. 아마도 그 사랑의 기운도 고스란히 우리의 식탁에 오르지 않을까.

지구 어머니에게 사랑을

가이아님, 안녕하세요?

걷기에 조금 더운 날씨네요. 햇볕에 팔이 타서 조금 후끈거렸는데, 바람이 불어와서 좋았습니다.

> 바람은 태고로부터 존재한 것이지요. 바람은 지구의 기압의 차이로 인해 대기가 움직이는 것이지요. 바람은 모든 것을 지나고 통과하며 여러 가지 정보를 지니게 됩니다. 그래서 바람을 맞으면 많은 것이 떠오르기도 하고 또 바람 속에 많은 것들을 날려 보낼 수도 있지요.

저는 바람이 참 좋아요. 바람이 불면 마음이 바뀌는 것이 느껴져요. 그 바람에 몸을 맡기고 바람을 느껴보면 몸의 세포들이 살아나는 것 같아요.

자연에 바람이 없었다면 정말 심심하고 밋밋했을 것입니다. 바람이 바로 기운의 흐름의 작용이기도 하지요. 풍수에서 바람이란 바로 기운의 흐름을 말합니다.

구병산에 도착해서 산을 구경했습니다. 구병은 아홉 폭의 병풍을 뜻한다는데, 저에게는 어머니의 치마폭처럼 여겨졌지요. 몇 개의 봉우리로 이어지는 산인데 마지막 시루봉은 꼭 시루처럼 생겨서 어머니가 떡을 쪄주는 것이 연상되었답니다. 이제까지 사람들이 많이 오지 않아서 산이 잘 보전되고 있었는데, 최근에 산을 깎아 개발하는 모습이 자연과 전혀 조화롭지 않아 언짢아졌습니다.

자연을 사랑하는 마음이 확실히 생기셨네요. 시멘트로 지은 집과 건물들이 자연과 얼마나 어울리지 않는 구조물인지 이제 아시겠죠? 어머니 산을 보호하여 그대로 유지하는 것이 어머니 산을 가장 사랑하는 방법이지요. 사람들이 몰려들면 오염은 순식간입니다.
구병산에 돌이 많아서 오르기에 어려운 점은 있어도 정말 단아합니다. 어머니의 마음을 가진 산이 맞습니다. 아홉 폭의 병풍보다 더한 어머니의 열두 폭 사랑을 느끼셨다면 자연을 향해, 지구를 향해 그런 사랑을 좀 가져 주세요. 당신은 이제 그런 마음이 넘치고 있으니 다른 사람들도 어떻게 하면 그렇게 될 수 있을지 궁리 좀 해주세요. 산을 깎아 건물을 짓는 것이 산에 도움이 되나요? 아름다운 산을 흉측하게 할 뿐이지요. 그런 마음의 눈을 사람들이 가질 수 있을 때 이 어머니의 산도 아버지의 산처럼 사람에 의해 오염되지 않을 것입니다.

어머니 산을 아름답게 잘 보존하고 싶네요.

저는 인간들이 자연의 아름다움을 즐기는 것을 좋아합니다. 지구 위의 모든 생명체가 행복하기를 바라니까요. 자연의 변화와 순환이 가져다주는 아름다움은 인간이나 모든 생명체에게 은연중에 자연의 섭리를 알게 해주고 그것을 통해 깨우침을 주는 것이 목적입니다. 하지만 그 순환이 깨어질 때 무서운 일들이 일어날 수 있음을 아는 것 또한 섭리이지요.

가이아님은 인간들이 행복하기를 진심으로 바라는군요. 가이아님이 인간에게 바라는 것이 있는지요?

지구, 저를 사랑하는 마음을 일으켜주세요. 그것은 당신들과 모든 생명체를 키워내는 저에 대한 사랑의 표현입니다. 자식이 부모를 사랑하고 소중히 여기듯 저를 사랑해주세요. 그러면 저의 사랑은 더 큰 강물과 바다가 되어 모든 생명체들에게로 돌아가게 됩니다.

지구의 모든 것에 순환시스템이 있듯 사랑도 순환한다는 것을 아시는지요? 사랑을 하는 사람에게는 더 많은 사랑이 주어지는 법이지요. 그것은 우주의 법칙입니다. 사랑의 순환 고리를 만들어 주세요. 그것이 지구를 살리고 지구의 모든 생명체를 살리게 될 것입니다. 사랑은 순환하며 우주의 모든 별도 태어나고 사라지듯이 순환합니다. 하지만 그 에너지는 남는 것입니다.

사랑은 만물을 살리는 원동력입니다. 지구를 살리고 싶으세요? 그러면 지구를 사랑하세요. 당신을 살리고 싶으세요? 그러면 당신을 진정으로 사랑하세요. 그 사랑의 에너지는 끝이 없이 솟아나는 샘물 같습니다. 무한히 솟아오른다고 생각하면 되지요.

당신의 사랑의 빛깔은 무색 같고, 바람 같고, 그리운 고향 같습니다.

저의 품은 넉넉하고 또 지구는 무한한 생명력을 상징하는 곳이지요. 그런 지구가 병이 들었다는 것은 인간이 곧 병이 들게 된다는 의미입니다. 다른 생명체들도 마찬가지이고요.

사랑은 본래 주는 것이지요. 다른 존재가 알게 모르게 주는 것이고, 그 존재가 사랑받고 있다고 느끼게 된다면, 그 사랑은 성숙하게 됩니다. 지구의 인간들은 아직 지구인 저의 사랑을 알지 못하는 경우가 많습니다. 이제 저의 사랑을 좀 느껴보세요. 그리고 사랑에 새로이 눈을 뜬다면 인간은 성장하게 되겠지요.

아프리카의 고통

당신의 사랑에 우리 인간들이 빨리 눈을 뜨면 좋겠습니다.

인간들은 인간조차도 사랑하지 못하고 있습니다.
아프리카를 생각해 보세요. 많은 곳이 말라버리고 있으며 맑은 물은커녕 오염된 물조차 구하기 어려워 사람들은 멀리까지 물을 구하러 가지요. 그 물을 먹으면 병 들고 죽기까지 한다는 것을 알면서도 그 물을 먹을 수밖에 없는 형편에 처해 있습니다. 이런 고통을 지구에 같이 사는 사람으로서 얼마나 자신의 일로 여기며 안타까워하고 해결하고자 노력하고 있나요?
아프리카의 많은 사람들이 마실 물이 없어서 죽어가고 있는데도 나머지 사람들은 그저 남의 일 보듯이 하고 있습니다. 가슴이 있는 이들인지요? 뜨거운 심장이 있다면 그렇게 보고만 있을 수 있을까요? 이것이 바로 지금 지구의 문제입니다. 당신은 어떤 노력을 하고 있는가요?

드릴 말이 없네요. 저 역시 다른 사람들과 크게 다르지 않아서요. 어떤 마음과 행동이 아프리카인들에게 가장 도움이 될까요?

내 자식과 가족이 물이 없어서 하루하루 고통 받으며 몸과 마음이 타들어가고 있다고 생각해 보세요. 그들에게 원조하듯이 도움을 주는 것이 아닙니다. 지구의 동시대를 살고 있는 가족들에게 내가 가진 것을 주는 것이 아니라 지구를 황폐하게 만든 주인공의 한 사람으로서 그 문제를 해결하고자 해야 합니다.

도와주는 것이 아니라 원인을 제공한 한 사람으로서 함께 이 문제를 해결하고자 하는 마음이 지구인들에게 필요하며, 실질적인 경제적 지원과 함께 살고자 하는 평등한 마음이 필요합니다. 아프리카인들이 가장 먼저 고통을 받을 뿐이지 그들만의 몫이 아님을 알아야 합니다. 그들을 어떻게 대하고 이 문제를 어떻게 풀어 가는가를 배우고 공부해야 합니다.

방향을 일러주시는 말씀 감사합니다.

다시 한 번 말씀드립니다. 지금 필요한 것은 인간 다수의 변화입니다. 그렇지 않다면 저의 자정작용은 여과 없이 심하게 일어날 것입니다. 인간의 변화가 제가 의도하는 바이고 우주의 스케줄이기도 하지요. 소수 사람들의 변화를 원하는 것이 아니지요.

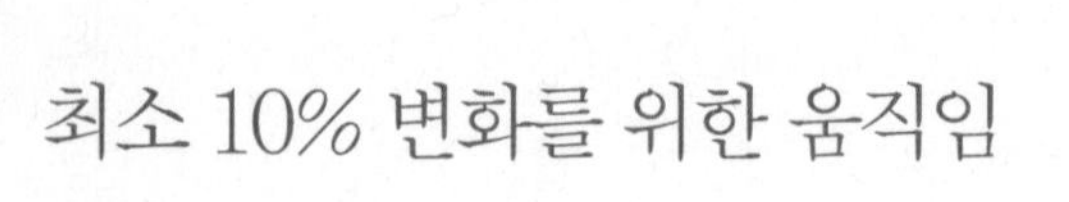

최소 10% 변화를 위한 움직임

예전에 인터넷을 검색하다 알게 된 환경 운동가 대니 서●란 사람이 생각납니다. 그가 10대 때부터 실천하면서 보여준 환경운동이 가슴에 와 닿더군요. 그저 혼자 하는 것이 아니라 사람들에게 취지를 잘 알리고 의미를 부여하며, 슬로건을 걸어 사람들을 동참하게 하면서 살아 있는 움직임으로 실천해 나가는 것이 재미있었습니다. 지금 인간에게 필요한 것이 그런 움직임인 듯합니다.

● 1977년 4월 22일 펜실베이니아 주州 레딩에서 재미 한국인 부모 사이에서 태어남. 10대 때부터 환경운동 시작. 1998년에는 『피플』지에서 '세계에서 가장 아름다운 50인'에 선정되었고, 같은 해 '슈바이처 인간존엄상'을 수상. 2000년부터는 의식 있는 스타일을 추구하는 생활 디자이너로 변신해 재활용과 환경 친화적 주거환경을 위한 사업을 하고 있다.

삶의 방식을 전환하는 것을 사회적 차원에서 함께 꾸려가는 것이 필요합니다. 그리고 많은 사람이 동참할수록 지구, 가이아는 더 힘이 난다는 것을 말씀드립니다.

인간은 생각의 힘이 커서 많은 사람들이 그런 마음을 가질수록 지구인 저는 그 기운의 영향을 받게 됩니다. 그러면 저의 자정작용도 상황이 달라질 수 있습니다.
인간의 마음과 작은 행동의 변화가 저에게 큰 위로가 되어, 함께 살고자 하는 마음으로 변하게 할 수도 있습니다. 자식이 정성을 다하며 노력하는데 나 몰라라 할 어머니는 없지요. 그런 정성과 마음을 보여주세요. 그러면 저도 마음을 달리해 볼 수 있습니다.

자정작용은 지구의 현시점에서 필요한 부분이지만, 인간의 마음과 의식이 깨어나 저와 함께 움직일 수 있다면 약화되거나 꼭 필요한 곳에서만 일어나게 할 수 있지요. 이런 이야기가 많은 사람에게 호소력이 있을지 모르지만, 이 메시지를 믿는 사람들이 많으면 많을수록 인류와 지구에게 상황이 유리해진다는 뜻입니다.

어느 정도의 사람들이 노력해야 완화될 수 있을까요? 갑자기 많은 사람이 바뀌기는 쉽지 않을 것 같아서요.

최소 10~20% 사람들의 의식이 바뀌어야 전체에 영향을 줄 수 있습니다. 처음에 일부의 사람들에게서 시작된 변화가 지구 곳곳에서 일어날 수 있다면 가능성이 있습니다. 지구와 지구가족들을 진정으로 사랑하는 사람들의 마음만이 지구를 변화시킬 수 있습니다.
인간의 마음은 기운입니다. 그래서 그런 기운들이 모여서 움직이기 시작하면 지구의 다른 생명체들의 마음에 영향을 주게 되고, 지구인 저 역시 그런 기운에 영향을 받게 됩니다. 간절한 마음으로 지구의 이런 상황을 바꾸어보려는 그 사랑이 있다면 가능합니다.
사랑의 힘이 얼마나 큰지는 알고 계시지요? 어머니의 사랑으로 모든 생명체는 자랍니다. 그런 어머니의 사랑이 인간들 속에서 피어나야 생명체를 살릴 수 있는 것입니다.

당신의 솔직한 마음을 알려주셔서 고맙습니다.

위기를 인식하고 작은 실천부터

지금의 위기 상황을 바꾸기 위해 인간이 우선적으로 해야 할 일이 무엇일까요?

현재의 지구와 많은 생명체가 위험한 상태로서의 위기를 인식하는 것입니다. 두 번째로 작은 실천이라도 오늘 당장 실행하는 것입니다. 쓰레기 줄이기, 물 · 에너지 아끼기, 일회용품 사용하지 않기, 자연과 교감하며 인간성 회복하기, 채식의 실천 등 자신이 할 수 있는 일부터 찾아서 시작해야겠지요.

일례로, 비닐봉지가 인간에게는 편리함의 대명사겠지만, 지구인 저에게는 정말 골칫거리 중에 최대의 골칫거리입니다. 수없는 비닐봉지가 매일 지구에서 사용되고 있으며 또한 그대로 버려집니다. 한 장의 비닐봉지가 자연으로 녹아 없어지기까지는 수백 년이 걸립니다. 그런데 한 사람이 버리는 봉지만도 하루에 몇 장이니 말해 무엇 하겠습니까?

인간의 편리함 때문에 지구 토양과 환경이 숨이 막혀 폐암으로 질식하기 직전입니다. 흙이 어떻게 할 수 없는 물질을 흙에 버린다면, 흙은 더는 감당하지 못하고 그대로 두게 되지요. 그런데 그런 곳이 점점 늘어갑니다. 생태계의 순환은 저절로 깨어지는 것이지요.
제발 좀 비닐봉지를 그만 사용하기를 부탁드립니다. 썩지 않는 비닐봉지가 당신이 죽어 묻힌 곳에 그대로 오래오래 남아 함께 한다면 좋겠는지요?

갑자기 검은 비닐의 저주가 생각납니다. 공포영화 분위기가 나네요. 돌아보니 인간들의 생활이 전반적으로 지구에 오염을 일으키는 방식이군요.

인간들은 자동차를 타고, 냉방기 밑에서 하루 종일 생활하고, 많은 제품을 구입하여 쓰레기를 만들며, 일회용 컵에 커피를 마시고, 물을 아끼는 마음 없이 매일 샤워를 합니다. 이것이 도시 사람들이 하는 일상입니다.
이 모든 것들이 지구에 어떤 영향을 미치는지 생각해보면 어떤 생활을 해야 할지 금방 알 수 있습니다. 편리하다는 것이 중요하기는 하나 누군가의 목숨이 담보로 되어 있는 지금은 자제해야 합니다. 편함과 안락함 위주의 생활을 하다 보니 지구의 현실이 이렇게 된 것이니까요.
지금은 공존을 생각해야 하고 새로운 차원의 협력이 필요합니다. 자연에 반하지 않는 생활, 자연과 공존하는 방법을 생각하고 움직이며, 살아가는 것이 무엇보다 중요합니다.

제가 말씀드린 것이 작은 일이라 생각할지 몰라도 지구의 많은 인구가 그렇게 생활한다면 지구는 많이 달라질 수 있습니다. 지금은 삶의 방식 전환이 중요한 순간입니다.

지금 당장 시골로 내려가 살지는 못하더라도 도시에서 좀 더 지구와 지구 가족들을 사랑하고 폐를 끼치지 않으며 살아가는 방법은 없을까요?

지금 당장 실천할 수 있는 일을 한두 가지라도 시작하세요. 작은 텃밭을 가꾸는 것도 좋고, 빗물을 받아 재활용해도 좋지요. 쓰레기는 최소화해서 버리고, 동식물과 자연과 교감하도록 노력하세요. 마음이 바꾸면 행동이 바뀌는데, 지금 당장 한두 가지라도 시작해보면 지구와 동식물에 대한 관심과 사랑이 생길 것입니다.

자연과 교감하면서 인간성을 회복하려면 어떻게 하면 될까요?

자연을 사랑하는 마음으로 교감하고, 자신의 본래의 모습을 찾는 마음으로 내면의 사랑을 회복하는 것으로 생각하면 됩니다. 끊임없는 물질 추구와 욕망에서 벗어나 인간 본연의 모습을 찾는 것이지요.

진정으로 한 그루의 나무라도 가꾸면서 지구와 공존을 생각하는 어떤 일이든, 매일 실천하면서 의식이 깨어 있기를 저는 기대합니다.

채식의 필요성

시골 마을을 지나다가 누에와 자라를 키우는 곳을 잠시 들렀는데, 놀라운 것은 인간들의 식용을 위해 이런 동물과 곤충을 키우고 있었다는 것입니다. 자라는 환경에 매우 예민하여 키우기가 쉽지 않을 텐데 인간들의 보양식을 위해 더운 환경을 만들어서 어렵게 키우고 있었습니다. 인간이 이런 동물까지 보양식으로 먹어야 하는지 좀 서글펐습니다.

인간들이 지금 살아가는 방식은 비정상적입니다. 건강을 염려하며 지구의 온갖 생명체들을 남획하고 죽이고 있지요. 그런 동물을 잡아먹어서 정말 건강해지는 것일까요? 건강은 정신과 마음에서 출발하는 것이지 않을까요?

걷는 것에 대해 말씀드렸다시피 자라를 먹고 하루 종일 차로 움직이기보다는 야채를 먹고 걷기를 적당히 하는 것이 훨씬 건강에 좋은 것입니다. 그렇게 가두어서 기른 동물이나 곤충을 먹으면 어떤 기운이 들어올까요? 죽어갈 것을 알면서 마지못해 자란 동물이나 식물들은 결코 건강한 먹을거리가 못 됩니다. 그 동물이 인간에게 감사하지 않고 원망만 할 뿐이지요.

가이아님, 자연이나 인간에게 모두 채식 위주의 식사가 좋은지요?

지금 지구환경의 오염 중 하나가 육식을 하는 습관에서 비롯된 점이 있습니다. 육식을 하기 위해 많은 숲을 벌목하고 있으며 비싸고 맛 좋은 육류를 기르기 위해 많은 곡류를 소비하며, 온갖 비인간적인 방법으로 동물을 대하고 있습니다. 채식은 인간성의 회복에도 한몫을 하는 방법입니다. 비정상적인 방법으로 동물을 키우고 돈이 되는 사고방식으로 동물을 다루며, 그런 동물들을 키우기 위해 많은 자연을 훼손하는 지금의 방식은 자제되어야 합니다.

음식에 대한 지나친 욕심과 맛에 대한 인간의 탐닉은 좋지 않은 습관입니다. 자연스러운 방법으로 먹을거리를 수확하고 감사하는 마음으로 채식하면 더욱 건강한 몸과 마음이 됩니다. 노동과 명상과 건강한 먹을거리, 그리고 환경적으로 청정한 곳이라면 인간은 건강할 수밖에 없습니다.

먹을거리에 대해 어떻게 대해야 하는지 잘 알게 되었습니다.

진정한 관심

가이아님과 대화하면서 당신의 사랑을 배워가고 있는데, 가이아님이 가장 좋아하는 사랑의 방식은 무엇인지 물어봐도 될까요?

진정한 관심입니다. 보이기 위한, 캠페인을 위한, 구호를 위한 운동이 아닌 진정한 자연에 대한 이해와 교감, 함께 살아가는 생명체로서의 존중과 관심을 원합니다.

작은 화분이나 식물에 대한 지속적인 관심만으로도 자연을 아끼는 마음이 생기겠지요. '내가 당신을 위하니 봐라.'라는 식이 아니라, 공간 속에 함께 존재하는 존재와 생명체를 향한 동등한 마음과 배려이지요. 그것은 겸손한 마음과도 일치합니다.

조금만 달리 생각해보면 지구의 수많은 인간을 먹이고

입히고 살아가게 하는 많은 동식물과 자연이 있음을 알 수 있습니다. 그렇게 많은 것을 내어주고 헌신하는 자연과 동식물에게 지나치게 대하고 무관심하다는 것은 지극히 이기적인 행동이자 자기중심적인 사고입니다.

그것을 아는 것은 인간의 진화와도 직결되어 있는 것이지요. 의식의 확장을 통한 다른 생명체와의 공존, 이것은 다름 아닌 인간의 성숙과 맞물려 있다고 볼 수 있습니다. 단지 자연과 동식물을 사랑하는 차원이 아니지요.
다른 생명체에 대한 배려와 공존은 인간의 성숙 정도를 나타내는 것이라 할 수 있습니다. 인간 자신을 위해서라도 그렇게 해야 한다는 것입니다. 거창한 이야기나 구호가 아니라 날마다 실천과 사랑이 묻어나오는 행위를 원하는 것이지요.

젊은이들이 좋아하는 이벤트식의 사랑은 아니군요. 배려와 공존을 배워가며 인간이 성장하게 되겠네요.

예전에 지인 중 한 명이 대장암에 걸렸다. 그는 술을 아주 좋아하고 삼겹살 애호가였다. 특히 새벽녘까지 일하고서는 꼭 삼겹살에 소주 한 병 마시고 귀가하는 것을 낙으로 삼았다. 그런 그가 대장암에 걸려 수술을 하고, 견디기 힘들다는 항암치료를 받고 나서는 180도 바뀌었다. 밤늦은 야식은 금했고, 식단을 유기농 채소로 바꾸었다. 그는 상추, 토마토, 고구마 등의 야채를 즐겨 먹었다. 그리고 가까운 거리는 차를 타지 않고 걸어 다녔다. 그리고 몇 년 후에 그는 대장암에 걸리기 전보다 훨씬 날씬해지고 건강해졌다.

채식을 하고, 소식하면 건강해진다는 사실을 누구나 알면서도 사람들은 입맛을 위해 많은 동물을 죽이고 건강도 해치며, 지구에도 폐를 끼치는 일을 하고 있다는 것을 모르고 있다.

작년부터 나도 채식을 시작했다. 하루아침에 음식에 대한 기호를 바꾸기가 쉽지는 않았지만 그렇다고 그리 어려운 것도 아니었다. 서서히 바꿔가다 보니 이제 채식 위주의 식사가 당연한 듯 익숙해졌다. 채식하면서 속이 편안해지고 몸도 훨씬 가벼워진 느낌이다. 채식과 함께 내가 즐겨 하는 것은 자주 걷는 것이다. 동네에서 걷기에 좋은 코스를 골라 기분이 좋아질 만큼 걷는다. 걸으면서 사람들도 만나고, 이곳저곳 기웃거리며 구경도 하며, 만나는 동식물과 가벼운 인사를 나누기도 한다. 자신을 진정으로 위하는 일이 지구를 위하는 일과 일맥상통한다는 것을 채식과 걷기를 통해 알게 되었다. 작은 실천으로 몸과 마음이 가벼워지고 생활 속에 소소한 즐거움을 발견하게 된 것이다.

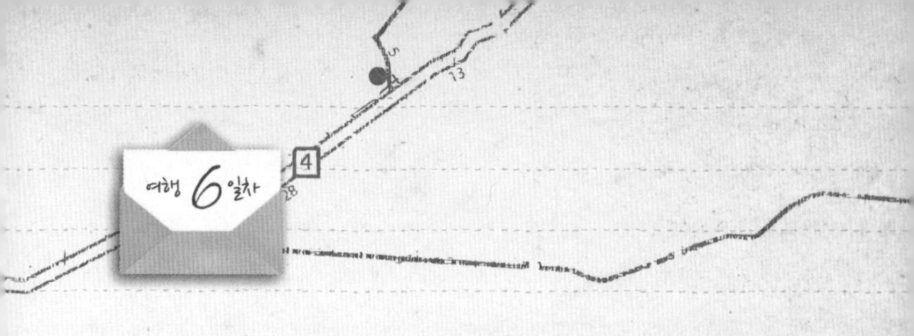

생태공동체에서-

집 짓고, 농사 짓고, 희망을 짓다

며칠간 걸으며 자연과 생태계를 돌아보고, 지구 가이아님과 깊이 교감하게 되면서, 삶의 방식을 바꾸는 것을 행동으로 옮겨야겠다는 생각이 들었다. 걷기를 하면서 그 일을 더욱 서두르고 싶다는 마음이 일어났다. 명상을 함께하던 친구들이 작년부터 시골로 내려와 생태공동체를 꾸리기 시작한 것도 생각났다.

친구들이 작년에 공동체로 같이 내려가자고 했지만, 그 당시 선뜻 결정하진 못했다. 생태공동체적 삶을 꿈꾼 것도 꽤 되었고, 『핀드혼 농장이야기』 같은 책을 읽으면 그들이 부럽기도 했지만, 막상 실행에 옮기려니 망설여졌다. 그래서 생각해 보겠다고 한 것이 몇 달이 흘렀고, 간간이 연락해오는 편에 언제든지 방문하라는 말을 전해 듣곤 했다.

언제든지 방문하라는 타이밍이 마침 지금이라는 생각이 들었다. 걷기여행의 코스가 친구들이 내려간 생태공동체와 가깝기도 했거니와, 가이아님이 말하는 삶의 방식대로 친구들이 이미 살고 있는 것에 더욱 고무되었다.

방문하고 싶다고 연락하니 매우 반가워한다. 오래된 친구는 어떤 상황에서도 든든하다. 공동체에 도착하자 반갑게 맞아준다. 아직도 천막에서 식사하고 농사는 일손이 모자라 분주하지만, 공동체가 점점 모습을 갖추어가고 있었고, 그들의 손길 하나하나에서 마을에 대한 사랑이 묻어났다. 손님 아닌 손님을 맞이한다며 밭으로 가서 점심거리로 야채와 과일을 따고 찬을 준비하여 소박한 점심을 차려주었다. 갓 따온 야채들은 땅의 기운을 그대로 머금고 있었다. 임금님 수라상이 부럽지 않은 꿀맛이었다. 갓 병아리 티를 벗은 어린 토종닭 몇 마리를 얻었다며 구경시켜 주었다. 노오란 닭이 어찌나 예쁘던

: 밭에서 갓 따온 채소. 보는 것만으로도 입가에 흐뭇한 미소가 그려진다. 햇빛과 바람, 물, 그리고 인간의 사랑을 받고 자란 채소는 그 자체만으로도 보약이다.

지 한참을 구경했다.

집은 거의 완성되어 가고 있었지만 농사일과 집 안팎으로 정리하고 손을 대야 할 것이 한두 가지가 아니었다. 친구들이 사는 모습을 보니 이곳으로 옮겨와 살고 싶은 생각이 더 강하게 들었다. 농사와 집짓기 등 하나도 경험해본 것이 없어서 여러 시행착오를 겪을 것이 불을 보듯 뻔하지만 그런 일을 해본 친구들이 곁에 있다는 것이 얼마나 든든한가….

무엇보다 위안이 되는 것은 걷기여행을 이곳 공동체에서 마무리할 수 있다는 점이었다. 가이아님이 당부한 작은 변화의 싹이 이미 이곳에서 움트고 있으니 참으로 다행이라는 생각이 들었다.

생태공동체에서의 삶

가이아님, 오늘은 생태공동체에 도착했습니다. 날씨는 덥지만 공동체에서 콩도 심고 야채와 과일도 손으로 직접 따고, 소박한 밥상을 차려 이곳에 있는 친구들과 맛있게 먹었습니다. 친구들이 생태공동체를 한창 일구고 있는데 할 일이 정말 많아 보였습니다.

삶의 터전을 새롭게 꾸리는 일이니 당연히 그렇겠네요. 이런 방식으로 한번 살아 볼 만하다는 생각은 드셨나요?

예, 열심히 배워서 농사도 짓고 마을을 아름답게 내 손으로 가꾸고 사람들과 오순도순 잘 살고 싶습니다.

공동체는 인간이 혼자서 할 수 없는 것들을 함께 만들고 꾸릴 수 있으며 서로의 발전과 진화에 도움이 되는 방식임이 틀림없습니다. 함께 하면서 서로 배우는 것이 무척 많을 듯합니다. 자연과 소통하는 공동체, 인간과 소통하는 공동체이니 무척 좋아 보이네요.

아직 많은 것을 배우고 시작하는 단계입니다. 하지만 꿈과 희망을 가지고 함께 꾸려보고 싶습니다.

도시에 살던 사람이 새로운 삶을 시작하게 되면 '얼마나 많은 것들을 새로이 배우고 알게 될지 저도 짐작됩니다. 이 모든 것들을 알아가고 배워가며 자신이 성장하게 되는 자연의 학습장에 놓이게 되겠지요. 날마다 놀라운 것을 경험할 수도 있고, 날마다 자연의 정직함과 부지런함을 배워갈 수도 있고요.

많이 해보지는 않았지만 땀 흘리는 땅에서의 움직임이 좋습니다.

그렇다면 잘할 수 있겠네요. 인간의 노동은 인간을 건강하고 정직하게 만드는 방법이지요. 말보다 움직임을 통해 체득하는 것이니까요.

생태공동체는 지구의 환경을 보호하며 인간도 건강해지는 삶의 방식이라 생각하는데, 이렇게 살면 지금이라도 지구에 도움이 될 수 있을까요?

물론입니다. 생태적 공동체야말로 제가 인간들에게 원하는 삶의 방식이지요. 자연에 해를 끼치지 않고, 자원이나 동력을 자연에 무한히 의존하며 소비하지 않는 삶의 방식이니까요. 식물이나 동물 역시도 어느 것 하나 존중받지 않는 것이 없는 삶의 방식이라고 할 수 있습니다.

생태공동체는 유럽, 미주 등의 물질문명이 앞선 나라에서 먼저 정착하기 시작했습니다. 다수 사람들의 의식도 공동체적인 삶에 대해서도 자연스럽고요. 물질문명이 발달한 곳에서 이러한 움직임들이 일어나는 것에 대해 희망적으로 보이진 않으신가요?

공동체적 삶의 본질은 인간성의 회복과 자연과의 소통이지요. 그리고 인간 삶의 변화를 통한 지구와 생명체들과의 공존이기도 하고요. 유럽이나 선진국에서 이루어지고 있는 생태공동체들이 영성에 관심이 있고 자연 친화적인 경우가 많으며, 나름대로 그들만의 문화를 만들어 가는 것이 사실입니다.

더욱 필요한 것은 그런 문화와 삶의 방식을 본인들만 즐길 것이 아니라 많은 사람에게 알리고 함께 동참하도록 유도하는 것이 필요하지요. 지금은 그래야 하는 시점입니다. 자신의 삶을 한가롭게 살며 행복을 추구하는 것도 의미가 있지만, 공동체에서 진정으로 해야 하는 것 중 하나는 함께 살면서 많은 사람의 각성의 장이 되고 진정한 행복이 나눔에 있음을 인식하는 것입니다.

지금 세계적으로 공동체의 일원이 되어 있는 분들은 그런 사명이 있다고 할 수 있습니다. 평시에 배부르고 등 따뜻하게 지내고 싶은 것이 인간의 본능이지만, 지금은 지구가 위기를 맞이하고 있기에 이 위기에 잘 대처하기 위해 공동체들이 인류에게 각성을 촉구하고 각성의 삶을 제시하며 동참하게 해야 하는 것이지요.

인류에게 큰 비전을 제시해 주시네요. 나만이 공동체에서 지내면서 잘 산다고 할 것이 아니라 많은 사람에게 삶의 모형으로서 알리고 동참하게 하라는 말씀이지요?

그렇습니다. 지구가 위기를 넘어 새로운 차원으로 도약하기 위해서 인간들은 힘을 모아야 합니다. 그것은 한배를 탄 공동운명체로서 더 많은 사람이 지금의 상황을 이해하고 변화되어야 한다는 의미입니다. 제가 말하는 의미를 잘 이해하고 지구와 자신을 위해 나아가야 할 때입니다.

농사 예찬

공동체에서 농사는 중요한 일인데 농사에 대한 이야기 좀 해주세요.

지난번에 말씀드린 것같이 자연과 조화로울 수 있는 농사를 지어야 합니다. 인간의 욕심에 의해 화학적 농약으로 벌레들을 죽이고, 비료를 많이 사용하는 방식은 생태계의 파괴와 땅의 황폐화를 가져와서 좋지 않아요. 무조건 많이 수확하고자 하고 또 보기에 좋아 보이는 것을 생산하려는 마음이 가득해서입니다.

사실 그런 농작물들은 그럴싸해 보여도 실제로도 영양소나 기운 상으로도 불균형이지요. 맛도 본래의 향과 고유의 맛이 덜한 경우가 많습니다. 인간의 욕심으로 농작물도 균형을 잃어가고 있지요.

농작물을 다양하게 기르면서 골고루 섭취하고, 소규모의 농사를 돌려가며 짓고 땅의 힘을 회복할 수 있는 자연적인 방식으로 지어달라고 부탁드리고 싶군요. 땅조차 숨을 쉬지 못하면 인간이 무슨 수로 땅에서 먹을 것을 기르고 수확하기를 바라겠는지요.

농토가 많이 황폐화되었다는 말씀이시지요? 앞으로 농사를 어떻게 지어야 할지 감이 잡힙니다. 우리 공동체에 식물이나 동물과 대화를 하는 사람들이 있으니, 식물과 땅과 교감하면서 배우는 마음으로 농사를 지어보면 어떨까요?

아, 그렇다면 정말 좋은 일이군요. 교감을 통해 훨씬 알찬 수확을 기대할 수 있고 또 식물과 땅이 주는 느낌이나 기운을 쉽게 전달받을 수 있으니까요. 인간의 심신이 본래의 모습으로 회복하기 위해 땅과 식물의 힘이 많은 도움이 됩니다. 식물은 치유와 안정시키는 기운을 가지고 있고, 땅은 풍요와 어머니의 기운을 가지고 있지요.
도시에서는 느낄 수 없는 대자연의 기운을 통해 인간의 본래의 심성을 회복할 수 있습니다.

그래서 선조들께서 '농자천하지대본農者天下之大本'이라고 하셨군요.

그렇습니다. 인간은 누구나 농사꾼이 되어야 하며, 그를 통해 생명의 귀중함을 알게 되고 자연의 순리를 터득하게 되지요. 이보다 더 좋은 인생의 교육이 어디 있겠어요?

쿠바에서는 과학자, 교수 등의 지식인층이 농사를 지으면서 다른 직업도 가지고 있더군요. 농사를 가장 기본으로 생각하고 자신들을 농부라고 자랑스럽게 말합니다.

그와 같은 과학자, 교수가 가르치는 학문은 진정 살아 있을 수 있습니다. 인간들의 삶이 땅을 가까이하고 식물이나 동물들의 생명체를 존중하며, 자신이 또 다른 분야의 일을 해나가는 것이 조화로운 상태라고 여겨집니다.

가이아님, 농사가 삶의 일부분이고 자신의 먹을거리를 직접 생산하고, 남는 것은 이웃과 교환하거나 나누며 살면 환경을 오염시킬 이유가 없고 생산한 먹을거리에는 사랑과 기운이 가득하고 싱싱해서 삶에 생기를 줄 것 같아요.

바로 그것입니다. 자신이 먹을거리를 직접 생산하면서 나쁜 농약을 듬뿍 사용할 일은 없으며 정성스럽게 농작물을 가꾸겠지요. 또한, 생명의 소중함을 알게 되고 음식을 만들 때에도 더 귀하게 대하고 먹게 되지요. 또 그런 기운과 사랑을 가진 사람이 기른 농작물이니 더욱 생기가 넘치는 것은 당연하겠지요. 그것이 바로 농사를 직접 지으며 삶을 풍요롭게 만들어 가는 방법입니다. 인간의 문화가 흙을 떠나면서부터 변질되고 왜곡되어 인간성을 잃어버렸다는 말이 바로 이런 것입니다.

오늘은 당신이 농사 예찬론자가 된 것 같습니다. 충분히 공감됩니다.

농사를 지으면서 사기꾼이 될 수는 없지요. 인간의 본연의 모습을 회복하길 바라는 마음입니다.

인류의 문화 바꾸기

가이아님이 보시기에 인류가 지구의 변화와 위기에 대해 어느 정도 준비가 되어 있나요?

지금은 아주 미미합니다. 소수의 사람들만이 위험을 인식하고 움직이고 있으며 그보다 다수의 사람들은 환경적인 차원으로 접근하고 있습니다. 자신의 각성이나 깨어남에 대한 준비는 미미합니다. 물질문명에 대한 추구로 많은 사람들은 정신 없이 미몽에 사로잡혀서 삶의 본질을 잃어버린 것이지요.

마음속에 있는 욕심과 물질에 대한 들끓는 욕망을 내려놓아야 합니다. 인간이 가진 많은 것이 인위적인 것들로서, 실제 자연이 주는 선물이 아닌 경우가 많습니다. 돈,

권력, 성에 대한 탐닉, 인간들이 추구하는 것들이 진정 가치가 있는 것들인지 보세요. 인간 세상에서 만든 가치들로서 오랜 시간 지속되기 어려운 가치들입니다.

소유에 대한 집착을 내려놓고 함께 살아가는 방법을 배워야 합니다. 지구의 더 많은 생명체와 인간의 풍요와 행복을 위해 소유하고자 하는 욕망을 내려놓고 비워야 하지요. 조금만 생각해 보면 어떻게 사는 것이 진정 자유로우며 행복할 수 있는지 알 수 있지요.

인간들이 그런 욕망을 내려놓으면 지금의 무법자처럼 되지는 않겠지요?

그렇습니다. 더 가지기 위해 무리한 행동을 하지 않을 것이며 자연스럽게 타인들과 나누게 될 테니까요. 그러면 지구나 지구의 다른 생명체들에게 폐가 되는 일을 하지 않게 될 것입니다. 땅에서 나오는 풍요를 나눌 수 있는 것으로 만족할 줄 알고, 자연의 이치를 이해하게 되겠지요.

그렇다면 지금처럼 도시에 살면서 인간의 욕망을 내려놓기는 쉽지 않겠군요?

땅은 생명체에게 근원과 같은 곳입니다. 도시를 둘러보세요. 땅이 얼마나 있나요? 온통 시멘트로 포장된 회색만이 존재하지요. 그런 곳에서 인간들이 생각할 수 있는 것은 콘크리트와 같이 경직되고 변형된 생각들뿐입니다. 인간이 흙에서 벗어나 건강할 수 없음은 자명한 일입니다.

흙은 인간이 태어난 곳이고 돌아갈 곳이지요. 그런 자신의 유전자와 닮은 흙을 떠나 어떻게 건전하고 바른 몸과 마음이 되겠는지요? 인간이 만든 도시라는 산물은 그야말로 인간성을 잃어버리게 하는 원천이 되었습니다. 인간이 자신의 모습을 찾고 삶의 지향점을 바르게 세우기 위해서는 흙으로 돌아가는 것이 필요합니다.

사람들은 흙에서 사는 것이 좋다고 말하면서도 막상 실행을 못하는 경우가 많습니다. 많은 사람이 도시에서 살아왔기 때문에 살아온 방식과 터전을 바꾸기가 쉽지 않아 보이는데, 인간의 문화 전체가 바뀔 수 있는 운동이나 캠페인이 필요해 보입니다.

맞습니다. 사람은 혼자 살기가 쉽지 않지요. 하지만 사회의 분위기나 문화가 그렇게 되면 쉽게 동조할 수 있습니다. 흙에 사는 사람이 많아지고 함께 불필요한 욕심을 줄이고 소비를 적게 하는 것이 미덕이 되는 그런 문화가 필요합니다. 지금처럼 대량생산과 대량소비를 권장하고 많이 벌고 많이 쓰는 것이 미덕이 되는 것이 아니라, 적게 벌고 적게 쓰며 함께 나누고 교감할 줄 아는 문화로 바뀌어야 합니다. 지구의 모든 자원을 아낄 줄 아는 것이 다음 세대의 문화여야 합니다.

그것은 인간의 생각을 바꿈으로써 가능합니다. 삶의 목적이 무엇인가를 알고, 주어진 한정된 시간과 에너지로 무엇을 할 것인가를 생각하고 행하는 것이 삶의 목적이 되어야 합니다.

깨어남의 시기

대화를 나누다 보니 가이아님이 누구보다도 진화에 관심이 많다는 것이 느껴집니다. 그리고 지구는 지금 급격한 변화에 쌓여 있기도 하고요. 지금 지구라는 별은 어떤 시기를 맞고 있는 것인지요?

인간도 어린 시절을 거쳐 성년이 되면 의식이 더 성장하게 되고, 어느 시기가 되면 쌓여온 경험과 발전에 대한 욕구가 함께 맞물리면서 의식이 비약적으로 성장하게 되지요. 지구라는 별도 지금 성장의 시기에 있습니다. 우주의 스케줄에 의해 그런 기회가 주어지는 시기입니다. 오랜 시간 지구의 의식체로 지내면서 지금처럼 중요하고 또 어려운 시기가 없었던 것 같습니다.

지금 지구에 영향을 미치는 요인은 다름 아닌 인간들입

니다. 인간이 가장 큰 변수이지요. 식물, 동물들은 이미 지구의 정화작용을 다 알고 있으며, 준비를 하거나 견디고 있지요. 그 변수의 마지막을 장식하게 될 카드는 바로 인간이 되는 것입니다.

인간들이 들고 있는 카드가 바뀔 수 있는 방법이 있을까요?

깨어남입니다. 깊은 잠에서 깨어나 이제 자신의 자리를 찾아 지구의 보호자로서 역할을 하는 것입니다. 또 이 시대의 변화를 준비하며 자신의 각성을 통한 진화를 준비하는 것입니다. 제발 좀 깨어나 주세요. 시간이 없습니다. 인간들이 할 수 있는 역할은 인간이 해야 합니다. 제가 할 수 없지요.

가이아님의 속이 타는 심정이 그대로 전해옵니다. 그동안 인간의 무분별함을 참아주느라 너무 힘이 드셨겠네요.

맞습니다. 제가 인간들의 그 많은 욕망을 감당하느라 여간 힘이 드는 것이 아닙니다. 인간 삶의 모형을 새로이 생각하고 흙에서 자신을 키워가며 식물이나 동물과 교감할 줄 아는 그런 삶의 모습으로 꾸려 나가야 합니다. 이미 그렇게 사는 사람들도 다수 있지만 사회에서 그런 사람들의 삶을 귀하게 여기고 있지 않습니다.

많이 늦었지만 저부터 흙으로 돌아가서 삶을 시작하려고 합니다. 흙이 주는 풍요로움을 느끼고 자연의 순리에 자신을 맡기며, 건강하고 자연스럽게 살고 싶습니다.

정말 잘 생각했군요. 백 마디의 말보다 한 번의 경험과 실천이 낫지요. 그리고 그런 삶을 통해 많은 것을 얻게 되고 느끼게 될 것입니다. 한 명, 두 명 그런 사람들이 늘어갈 때 지구도 더욱 건강해질 수 있지요. 당신의 선택에 박수를 보냅니다.

가이아님, 모든 것을 새로이 배우는 마음으로 함께 이루어가고자 합니다. 자연의 이치를 아는 데도 시간과 노력이 들겠지요?

물론입니다. 하지만 마음이 활짝 열려져 있으니 쉽게 이해하고 배울 수 있을 것입니다. 일을 하는 것이 아니라 명상을 하는 것이라 생각하면 되지요. 자연과 교감하는 것이라 생각하면 됩니다. 자연이 행하는 수고로움을 닮는다고 생각하세요. 도회적인 게으름을 벗고 자연의 부지런함을 익히는 시간이 될 것입니다.

평생을 도시에서만 살아온 사람들이 시골로 내려와 손수 집을 짓고 농사를 지으면서 얼마나 많은 이야깃거리들이 있었겠는가? 그런 경험담과 무용담을 듣는 것이 아직 시골에서 살아본 경험이 없는 나에게는 무척 흥미로웠다. 또 앞으로 마을을 어떻게 꾸려갈지 서로의 생각을 펼치기도 하고, 곧 어떤 농작물을 심어야 하는지도 이야기를 나누면서 공동체에서의 밤은 깊어가고 있었다.

예전 대학교 시절, 학교 앞에서 보던 어설픈 점쟁이는 나에게 인복人福이 많다고 했다. 이렇게 왁자지껄, 친구들과 함께 소박하지만 정겨운 저녁을 맞고 있자니 옛날 학교 앞 점쟁이가 선무당은 아니었나 보다. 인복이란 다름 아닌 마음을 함께 하는 사람들이 모여 있으니 복이 샘솟는다는 의미가 아닐까.

이곳에서 함께 살고 싶다고 하니 친구들은 두 팔 벌려 환영한다. 세상 한구석에 이렇게 나를 환영해주는 사람들이 있다는 것에 가슴이 따뜻해지고, 뜻을 같이하는 동료가 있다는 것이 더없는 행복임을 느꼈다.

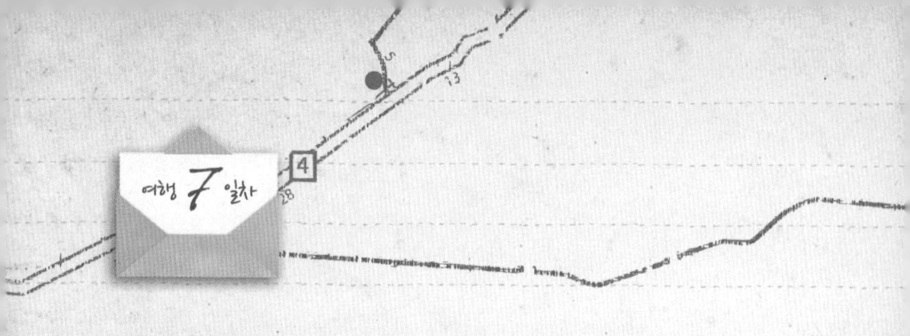

서울로 돌아오는 길-

설렘이 두려움을 넘어선 날

걷기여행은 공동체에서 마무리되었다. 친구들에게 공동체로 들어와 함께 살고 싶다는 마음을 전했고, 이젠 서울로 돌아가 가족들과 상의하고, 그곳 생활을 정리하는 일이 남아 있었다. 친구들과 잠시 헤어져 서울로 향했다.

며칠을 걷기만 해서 그런지 오래간만에 차에 오르니 왠지 남의 옷을 빌려 입은 것처럼 어색했다. 차창 밖으로 아름다운 길이 보이면 걷고 싶은 충동이 불쑥불쑥 일어났다.

서울이 가까워지자 산과 들판의 푸르름 대신 회색의 즐비한 건물들이 눈에 들어왔다. 매연과 무더위에 지친 희뿌연 공기, 연이은 자동차의 소음들이 이전에 친숙함을 드러내듯 환영의 손짓을 했다. 이렇게 숨쉬기 힘든 곳에서 내가 수십 년을 살았다는 것이 새삼스럽게 느껴졌다.

집에 오니 가족들이 반갑게 맞이해준다. 가족들은 퍼붓는 빗속에서 무사히 여행을 마칠수 있었는지 궁금해 했다. 엄마와 아내로서의 역할에 소홀한데도 내가 살아가는 방식을 존중해주는 가족들이 새삼 고맙게 느껴졌다. 남편과 딸아이에게 생태공동체에서 살고 싶다고 조심스럽게 말을 꺼내었다. 지난 10여 년간 명상하면서 귀농을 꿈꾼 것을 아는지라, 다행히도 공동체로 가는 것에 대해 별로 반대하지 않았다. 내가 먼저 가서 자리 잡으면 가족들도 서울생활을 정리하고 내려올 의향이 있다고 했다.

서울로 돌아온 날 밤. 나는 낯선 손님이 되어버린 기분이었다. 늦은 시간까지 잠도 오지 않고 후덥지근한 공기와 도시의 소음들이 생생히 느껴졌다. 이 도시의 갑갑함을 하루라도 빨리 벗어나고 싶다는 마음이 내 안에서 일어나고 있었다.

여행을 마치며

가이아님, 서울로 돌아왔습니다. 이곳에 오니 그간 살면서 느끼지 못했던 공해와 소음이 무척 답답하게 느껴집니다. 다른 사람들도 분명히 공해와 소음을 느낄 것 같은데 사람들은 이제 무감각해져 불편을 모르고 지내는 것처럼 보입니다. 이들에게 지구의 아픔을 알리기 위해 처음에 어떻게 시작해야 할지 조금 막막합니다.

당신의 경험을 공유하세요. 당신이 왜 공동체에서 살고자 하는지. 어떻게 지구, 저와의 대화를 시작하게 되었는지 널리 알려주세요. 책을 통해서든 온라인을 통해서든, 열린 사람들은 그냥 알게 되어 있습니다. 당신이 저와 대화를 하게 된 것이 우연인 것 같지만 지금 우주와 지구에서는 많은 사람들에게 파장을 보내고 있습니다. 지금의 변화를 알리기 위해서이지요. 그런 파장을 받을 수 있는 사람들은 이미 변화하기 시작한 것이고 당신처럼 소통이 가능한 사람은 이렇게 대화를 하거나 뭔가 메시지를 전달하게 되지요. 그냥 있는 그대로 사람들에게 전하세요. 당신의 실제 변화를 알리면서 말이지요. 삶의 방식을 바꾸고 자연과 교감하며, 지구와 대화한 것을 전하며, 지구와 사람들을 함께 치유하자고 제안하면 되는 것이지요. 이미 시작하였다고 볼 수 있네요.

저는 공동체 생활을 이미 시작하기로 결정했지만 다른 사람들의 경우에도 생태공동체에 참여하려는 마음이 생길 것 같은데, 어떻게 하면 삶의 방식을 바꾸기 쉬울까요?

삶에 대한 진정한 접근이 필요합니다. 그리고 이 시기에 대한 이해가 필요하기도 하고요. 인간 삶에 대한 깊은 고찰이 필요하지요. 인간에게 진정 필요한 것이 무엇인지 인식하고 어떤 삶이 가치를 가지는 것인지 스스로에게 자문하는 것입니다. 그리고 시기적인 상황을 이해하는 것이야말로 지금 가장 중요한 것입니다. 지구가 변화의 시기를 맞고 있다는 것을 알고 이에 대한 대처와 자신의 진화를 위한 준비를 하는 것이 중요합니다. 아무런 준비 없이 다음 시기를 맞이하는 것이야말로 정말 견디기 어려운 상황을 만나는 것이 될 것입니다. 여러 자료와 책, 파장을 받는 사람들이 이구동성으로 하는 이야기를 들어보고 느껴보세요. 그리고 지구의 지금 환경과 기후를 생각해 보세요. 지구가 정말 괜찮은 것인지…. 괜찮지 않다면 어떻게 된다는 것인지. 이제 더는 태양을 손바닥으로 가리는 일은 불가능하다는 것을 아셔야 합니다. 변화는 시작되었고 그 변화에 동참하는 사람들만이 살아갈 수 있다는 것을 아셔야 합니다. 준비가 필요한 시기이고 그 준비를 위해 삶의 방식은 바뀌어야 합니다.

생태공동체에 참여하지 않고 도시에서 자연 친화적인 삶을 사는 것은 어떤가요? 당장 도시를 떠나기 쉽지 않은 사람들이 실천할 수 있는 작은 방법은 없을까요?

도시에서 삶을 유지하는 것은 변화의 시기를 어렵게 맞이하는 것이 될 것입니다. 지금 도시에서 할 수 있는 일은 작은 텃밭을 가꾸며 자연과 교감하며 지구의 치유와 사람들의 변화를 위해 마음을 모으는 것이지요. 자연과 사람은 따로 존재하는 것이 아니라 함께 공존할 때 인간의 삶은 지속이 가능합니다. 도시의 문화가 획기적으로 바뀌는 것을 기대하기가 쉽지 않으므로 먼저 의식이 깨인 사람들 중심으로 작은 실천들을 해가면서 힘을 모으세요. 인간의 마음은 힘이 있으므로 그렇게 하는 것이 도움이 됩니다. 자연과의 교감을 통해 자신을 바꾸고 동식물을 사랑하며, 지구를 위한 움직임을 만들어가세요. 그러다 보면 더욱 많은 사람이 동참하게 될 것입니다. 하지만 시간이 많지 않음을 잊지 마세요.

지금까지의 삶을 정리하는 데 있어서 가장 큰 걸림돌은 두려움이라고 생각합니다. 자연을 생각하고 지구를 생각하는 마음은 있지만 기존의 삶을 버리고 새로운 환경에 적응해야 한다는 두려움 때문에 선뜻 생태공동체의 삶을 선택하지 못하는 사람들도 있을 것 같습니다. 이런 사람들에게 어떤 말을 해주어야 할지요?

먼저 움직여 보세요. 백 번을 생각하기보다 한 번을 실천하면 힘이 나고, 어렵지 않다는 것을 알게 됩니다. 그리고 실제로 그렇게 삶을 바꾼 사람들을 한 번 만나보고, 그런 삶을 체험해보는 것도 방법입니다. 당신에게 가장 중요한 것은 당신 자신이지 사람들이 생각하는 보편적인 가치는 아닙니다. 인간이 만든 가치는 시대에 따라 변하는 것이며, 그 변화는 지금 이 시기에 대대적으로 이루어지게 됩니다. 그런 변화의 바람과 기운을 느껴보세요. 그리고 당신의 내면에 물어보세요. 진정 내가 가야 할 길이 무엇인지를…. 당신은 바로 중요한 순간에 지금 서 있습니다. 어쩌면 다시 올 수 없을지도 모르는 그런 순간이지요.

가이아님, 격려 감사합니다. 7일간의 여행 동안 많은 것을 배우고 느꼈습니다. 당신의 사랑으로 사람들의 내면에 사랑을 일깨울 수 있기를 소망합니다. 힘찬 첫걸음을 시작하겠습니다.

막상 짐을 꾸리면서 지난 생활을 정리하다 보니 여러 마음들이 교차했다. 서울을 떠나는 것이 무척 홀가분하면서도 한편으로 친숙한 것들에 대해 작별을 해야 하는 것에 대해 서운함도 일었다. 하지만 서운함은 잠시, 공동체에서 내가 원하는 삶을 살아가게 된다는 기대와 설렘이 더 크게 다가왔다. 자유로이 명상하고, 자연과 사람들과 교감하며 농사짓고 마을을 가꾸어가는, 여태까지 살아온 삶의 방식과 다른 삶을 살아보고 싶다는 의욕이 내 안에서 강하게 일어났다.

사람은 누구나 가보지 않은 길에 대해 두려움이 있기 마련이다. 가보지 않는 길은 미지의 세계이고, 그 길을 선뜻 선택하지 못하는 것은 두려움 때문일 것이다. 친구들이 공동체에서 함께 살아보자고 제안했을 때 내가 선뜻 대답하지 못한 것도 그 두려움 때문이었으리라. 하지만 며칠간 가이님과 깊은 교감을 하면서 자연을 돌아보니 새로운 길에 대한 두려움이 내 안에서 말끔히 가셔져 있었다.

이제부터 시작인 것이다. 땅에서 땀 흘리면서 일하고, 가이아님과 교감하고, 그 메시지를 전하면서 하루하루 새로운 삶을 일구어 가고 싶다.

인생에서 기존에 걷던 길과 다른 길을 가게 된다는 것은 설렘과 동시에 두려움이 있는 일이다. 하지만 뜻을 같이하는 동료가 있고 의지가 있다면 웃으며 그 길을 갈 수 있지 않을까….

나에게서 시작하는 사랑과 치유를 위한 변화

가이아님과의 대화는 나에게 작은 변화의 시작점이 되었습니다. 지구에 대한 관심과 생활 속에 소소한 실천이 하나둘씩 생겨났습니다.

어떤 면에서는 다소 귀찮은(?) 일들이라 할 수 있습니다. 어느새 컵과 손수건이 가방 속 필수품이 되었고, 수없이 버려지는 비닐봉지를 한 장이라도 줄일 궁리를 하며, 수도꼭지를 틀어도 멀리 아프리카 인들을 먼저 생각하게 되었습니다. 작은 실천이지만 스스로 흐뭇해졌고, 나의 변한 모습을 보는 분들은 따뜻한 미소를 보내기도 하였습니다.

교감은 변화하게 하는 힘을 갖고 있었습니다. 지구와의 교감으로 지구가 가진 아픔을 깊이 공감하게 되었고, 그 아픔에 대한 공감은 나를 변화하게 만들었습니다.
그런 변화가 더욱 절실하게 다가온 이유는 지구가 이제는 기다릴 수 없을 만큼 아프다는 것이며, 그 아픔은 지구의 아픔이자 우리 인간의 아픔이라는 것이었습니다. 인간은 무지와 이기심이란 병에 걸려서 자신이 병이 든 것조차 알지 못한 채, 지구와 다른 생명체들에게 깊은 상처를 안겨주고 있었습니다.

지구의 치유는 다름 아닌 인간이 스스로를 치유하는 것이며, 인간이 성장하고 깨어나게 되는 계기가 될 것입니다. 인간의 의식은 잠재된 힘이 있으며 그 힘이 하나로 응집되면 지구와 인간을 치유로 이끈다는 것을 알고 있습니다.

가이아님은 '지금은 인간 다수의 변화가 중요하며, 진정 변화를 원하는 사람들이 늘어나고 동참할 수 있는 분위기를 만들어 달라.'고 부탁하더군요. 그것은 바로 '문화'라는 방식이 아닐까 생각합니다. 문화가 인간 다수의 취향, 선호도라면, 지금은 인간 문화의 대전환이 필요하다는 의미입니다. 이제까지 경쟁과 단절, 소유의 문화였다면, 교감과 공존, 나눔을 바탕으로 하는 문화로의 전환 말이지요.

지구에 인류가 존재한 것이 처음이 아니라고 하더군요. 이전에 존재했던 인류는 스스로 멸망하였다고 합니다. 무엇 때문이었을까요? 역사가 반복될 수도 있지만, 경험을 통해 진화한다는 의미가 될 수도 있지 않을까요.

그래서 희망을 말하고 싶습니다. 지금은 바로 기회이며, 서로가 서로에게 희망이 되어야 하는 때라 생각합니다. 희망을 위한 변화를 나에게서 시작하기로 했습니다. 시간이 많지 않다는 가이아님의 말이 자꾸 떠오르더군요.

얼마 전에 서울생활을 정리하고 생태공동체로 옮겨왔습니다. 마을을 가꾸고 농사짓는 것을 배우기 시작했습니다. 명상으로 하루를 열고, 밭에서 일하면서 자연과 교감하고, 마을 사람들과 더불어 살아가고 있습니다. 이곳으로 내려오기까지 망설임도 있었지만, 지금은 매우 잘했다는 생각이 나날이 더

해갑니다.

이 글을 통해 더 많은 분들이 가이아님과 깊이 교감할 수 있게 되어 지구에 대한 사랑과 치유를 함께하며, 자연과 더불어 건강하고 생태적인 삶을 살아갈 수 있게 되기를 바랍니다.

마지막으로 늘 사랑의 마음으로 안타깝게 지켜봐주시는 지구 어머니, 가이아님.

당신을 사랑합니다.

◉ 이 책을 펴낸 곳 명상학교 수선재는

너무나 궁금했던, 그러나 누구도 알려주지 않던 인생의 비밀을 알려주는 학교

'내 인생은 왜 이런 걸까?'

누구나 살면서 울적하거나 힘든 일이 생기면 이런 생각을 하곤 합니다. 그러다가 상황이 좋아지면 언제 그랬냐는 듯 그런 생각은 다시 마음 한구석에 넣어두고 까맣게 잊고 살게 됩니다. 그러다 다시 인생의 난관에 부딪히면 답이 나오지 않는 이런 신세한탄을 반복하며 살아가는 것이 보통 사람들의 모습입니다. 결국 불치병에 걸리거나 죽음 직전에 이르러서야 무릎을 치며 한평생 알지 못한, 그러나 반드시 알고 죽어야 할 사실이 있었다는 것을 깨닫게 됩니다.

'내 인생의 진정한 의미는 어디에 있는가?'
'가장 인간답게 산다는 것은 어떤 삶인가?'

수선재는 이러한 풀리지 않는 삶의 근원적인 질문을 품고 사는 현대인들이 삶의 참의미를 찾을 수 있는 도심 속 명상학교입니다.

이곳은 어린 시절 자신의 실수로 세상을 떠나게 된 동생에 대한 아픈 기억을 내면의 치유를 통해 극복한 중년남성, 하루도 조용할 날이 없는 사고뭉치들이 모인 남자고등학교에서 담임을 맡고 있지만 그 아이들에게 더 많은 것을 배우고 있다는 젊은 여선생님, 20대에 걸린 난소종양을 극복하고 동물농장을 만들며 자연과 하나 된 삶을 사는 그림 작가, 성공을 위해 10여 년간 서울에서 일에 파묻혀 살다 귀농을 결심한 후 자연 속에서 인생의 참맛을 알게 된 커리어우먼, 12년 동안 한국의 자연과 문화에 푹 빠져 살면서 한국인 못지않게 된장국을 잘 끓이게 된 미국인 등…. 평범한 삶을 살아가는 특별한 사람들이 학생으로 있는 곳입니다.

이들은 명상을 통해 단절되었던 자신의 내면과 이웃, 자연, 우주와의 관계를 회복하여 그들과 하나 됨 속에서 참다운 행복을 되찾아가고 있습니다. 또한 깨닫게 된 진리를 가족과 이웃뿐 아니라 세상에 전하며 자연만물과 인간이 공존하고 상생할 수 있는 실천적인 삶을 살아가고 있습니다.

• 명상학교 수선재 홈페이지 www.suseonjae.org

1. 인생박물관 '선 뮤지엄'

삶은 무엇이며 죽음은 또 무엇인가?

인생을 어떻게 살아야 하는가?

수많은 현대인들이 애타게 답을 찾는 질문입니다.

청년들은 물론이거니와 중년, 노년에 이르기까지 삶의 길을 찾지 못하고 방황하는 이들이 늘고 있습니다.

본디 사람과 자연, 하늘, 우주는 하나에서 나왔으며 서로 돕고 사랑하며 지구라는 별을 아름답고 풍요로운 생명의 별로 가꾸어왔습니다. 그러나 물질문명이 득세하면서 인간은 점점 다른 존재들에게서 멀어지고 오직 자신들만을 위한 이기적인 문명을 만들었습니다. 그 결과 지구는 회복이 어려운 중병을 앓고 있으며 모든 자연과 우주의 존재들은 인간에게 경고를 보내고 있습니다. 수선재 선 뮤지엄은 이러한 지구의 위기를 가져온 인간의 잘못을 알리는 한편 서로 사랑하고 상생하는 삶의 모델을 제시하는 인생박물관입니다.

• 선 뮤지엄 홈페이지 www.seonmuseum.org

2. 보람 있는 삶과 아름다운 죽음을 가르치는 '선문화진흥원'

선문화진흥원은 삶을 어떻게 살고 죽음을 어떻게 준비해야 하는지 가르치는 인생교육의 장場이며 명상전문가, 전직 교사, 예술치유가, 자연농법 전문가 등이 모여 설립한 비영리교육기관입니다. 선仙이란 곧 사람-자연-우주가 서로 조화롭게 공존하는 모습인 것입니다. 세상에 좋은 가르침이 넘쳐나건만 그것들이 대중에게 큰 도움이 되지 못하는 이유는 부분적으로 접근하기 때문입니다. 사회현실에 대해서만, 자연현상에 대해서만, 혹은 정신세계에 대해서만 이야기하기 때문입니다.

보람 있는 삶과 아름다운 죽음을 이루려면 사람과 자연과 하늘에 대한 앎과 사랑이 동시에 필요합니다. 참 삶의 길은 사람사랑, 자연사랑, 하늘사랑을 동시에 실천할 때 찾아질 수 있습니다. 선문화진흥원은 이러한 선문화를 통해 삶의 가르침을 전하는 통합교육의 장입니다.

또한 삶과 죽음에 대한 올바른 이해를 바탕으로 자연회복과 바른 장례문화 정착을 위해 '무덤 없애기 운동', '사후 장기기증 및 호스피스 활동', 아름다운 완성을 이룬 이들의 친자연적인 영원한 쉼터 '영생원 건립' 등의 활발한 활동을 하고 있습니다.

• 선문화진흥원 홈페이지 www.seonculture.net

◉ 지구를 살리는 사랑실천

● 쓰레기를 줄이겠습니다

1. 휴지 대신 손수건을 사용합니다
2. 비닐백 대신 장바구니를 사용합니다
3. 종이컵 대신 개인컵(머그컵)을 사용합니다

● 에너지/물 사용을 줄이겠습니다

1. 가까운 거리는 걸어서 다닙니다
2. 전자 제품 사용 후에는 플러그를 뽑습니다
3. 양치할 땐 양치컵을 사용합니다

● 채식을 실천하겠습니다

1. 텃밭(실내) 채소를 키워서 먹습니다
2. 육류 대신 콩제품이나 해조류를 먹습니다
3. 채식 위주의 식사를 합니다

● 친환경 제품을 사용하겠습니다

1. 합성 세제 사용을 줄입니다
2. 알루미늄 포일과 비닐랩을 사용하지 않습니다
3. 제철 농산물과 로컬 푸드를 이용합니다

● 지구와 교감하겠습니다

1. 걸을 때는 걷기에만 열중하며 마주치는 사물과 인사합니다
2. 매일 지구와 그 가족의 안위를 위해 기원합니다
3. 환경을 살리는 실천 방법을 주변과 나눕니다

지구 어머니, 가이아와의 대화

지구와 함께하는 7일간의 여행

1판 1쇄 | 2011년 9월 23일
지은이 | 홍연미
펴낸곳 | (주)도서출판 수선재
펴낸이 | 서대완
편집팀 | 윤양순, 이혜선, 최경아, 김혜정, 제지원
마케팅팀 | 백상희, 김부연, 정원재, 김대만
출판등록 | 1999년 3월 22일 (제 1-2469호)
주소 | 서울시 관악구 은천동 905-27 1층
전화 | 02)737-9454 | 팩스 02)6918-6789
홈페이지 | www.suseonjaebooks.com
전자우편 | ssjbooks@gmail.com

ISBN 978-89-89150-72-5 03810